U0024230

由疏離到關懷

| 梭羅的文學與政治 |

梭羅一生奮鬥乃解放「人心之奴性與奴隸制度」，前者梭羅以文學心靈手段之提昇；後者，則繼以政治之廢奴運動解決，這文學與政治之思想因果互動，說明了梭羅一生從疏離到關懷的人生過程。

涂成吉 著

自序

　　十九世紀，美國工商大盛，創造了現代的資本文明，當人們以為找到了合乎個人價值，最公平與理想之生活方式時，梭羅卻指出這是以自然為豁，危害人心本性最駭者，從此受盡高調與不切實際所指，被怪誕視之。

　　梭羅一生思想找尋者，不外是個人內心世界的永恆之路；同時提醒人與自然一體的概念，人非自然惟一的中心。梭羅定義文明的進步不是趨向複雜而是返璞歸真的簡單，人類的偉大也不以征服自然為的，而是適應自然的永恆與永續；其思想、外表前衛，內容卻是復古與務實。

　　梭羅一生從疏離到關懷的人生過程中，「疏離」意識是梭羅應付資本文明一貫的中心想念；「疏離文明」——以最簡單的物慾，不但是梭羅在文學上，求取個人最高精神生活之路；他也試圖將此一心靈及精神上的平靜，寄託於理想的社會現實關懷之中，期待創造最適人類永續生活之政治烏托邦；一個永續且怡然自得的社會與個人的生活，才是自然與人類文明發展最佳之平衡！

　　重新研究梭羅思想與他在這個時代意義上，我們發現梭羅思想論調隨著不同時代潮流與思想要求，時時牽動人心情緒，一再地被提醒、重視與活化，賦予了梭羅思想生生世世，有著更為寬廣的命題及豐富性。因此，梭羅如何將他文學思想延續至他後半生政治目

標的奮鬥；他內心由「疏離」以至「關懷」的轉化歷程，正是本書剖析所在。

二○○九年十二月七日，聯合國在哥本哈根召開之「全球氣候變遷會議」，等於承認百餘年來這建立在「排碳」之上，資本文明之失敗，梭羅「簡約生活」的「樂、慢活」哲學、素食、「自已動手」的 DIY 觀念、生態保育及他「最小政府」概念等踏實無華、前瞻性的智慧，勢成人類未來自然、簡單、健康、快樂之「低碳生活」的思考主流。也是本書在節能減碳，正逢拯救地球乃全民運動時，特此，奉上一份心力。

涂成吉

民國九十九年七月二十三日大暑於內湖

目　次

第一章　總論

第一節　再看梭羅

一八四五至一八四七年，美國文學家亨利大衛梭羅（Henry D. Thoreau）擇居華爾騰（Walden）湖畔與自然交遊，展開他為期兩年兩個月，實驗超越主義（transcendentalism）文學，追求個人與自然身、心、靈的生活；一八四八年，梭羅走出林外，為爭取黑奴之自由，發表了震撼人心的《公民不服從論》，終甚以恐怖、血腥之廢奴人士約翰布朗（John Brown）為師。梭羅從一個與世無爭，孤隱的文學詩人，突然搖身一變成為激進、極端的政治鬥士，其間反差之巨烈，令人不禁錯愕，難以聯想。

梭羅旺盛的思考力與文學、政治理想的交纏，加上外冷而內熱的性格，造就他一生角色的多變，自易讓後人給予他片面的觀察與「各取所需」的分割面貌——時而在山林神遊孤隱，多識鳥獸草木，使他文章既像自然生態的觀察，因此人稱他是自然詩人（naturalist poet），但又語多哲學象徵；梭羅對自然保育的重視，有人又以為他值得「國家公園之父」的雅號——儘管他看重的是他們對人類精神的影響；政治上，梭羅在康考特（Concord）講壇之上，滿懷激烈，慷慨陳詞；就反奴人士言，他是一位廢奴的政治狂熱者；但真實世界，梭羅卻又顯得疏離與痛恨政府公權力，像極了

無政府主義者；他文學「簡約生活」的身體力行，雖號稱是尋找個人永恆之精神生活的實驗，卻又深層隱含著關懷弱勢，對窮苦大眾的同情，充滿著激進社會主義者傾向；也有人認為他是經濟學者，因為他愛將亞當史密斯的放任市場自由公式，改成完全放任個人自由，認為最好的投資是自我而非工作，最大報酬是精神非物資，儼然是生活的精算大師。

　　梭羅生長於美國十九世紀中，外表正值一個新興國家的活力蔚然，但內在卻充滿矛盾緊張的環境埋伏，一方面，緊隨歐洲腳步，邁入工業化的過程，機械文明正一步步主宰人民生活，而資本主義的消費文化，逐步啃食傳統的個人獨立價值；另一方面，美國早期的蓄奴政策所造成的社會爭議，屆臨爆發的頂點，身處此一新、舊體系與傳統、現代價值轉變的接縫點，梭羅敏感與迅速的反應出他獨特的人文關懷方式。

　　愛默生（Ralph Waldo Emerson）對梭羅一生的嬗變——由文學的「自我教化」（Self-educated）到政治的廢奴行動，或從一個孤隱詩人到激烈的政治鬥士，有非常精闢的論定：

> 在人世中，梭羅是一位活在每日當下，扮演說出事實的人，今天他可能給你一個新的意見，明天給你的則是革命性的思想。[1]（Thoreau：1207）。

　　然最能簡結梭羅一生前後奮鬥過程者，莫過其所言，欲去「人類之奴性與奴隸制度（servility and slavery），因為它們都沒有真實

---

[1]　Emerson, Ralph, "Thoreau", American Literature, 5th edition, Vol. I, Ed. Nina Bayum, New York: W.W. Norton & Company, 1995.

的生命，分別意謂著枯萎與死亡。」[2]（Slavery in Massachusetts：1953）。前者梭羅以文學之心靈手段提升；後者，則繼以政治之廢奴運動解決，這文學與政治之思想因果互動，說明了梭羅一生找尋者，本質不外是個人永恆生活追求與政治理想國度設想之奮鬥歷程。這以作品《湖濱散記》與《公民不服從論》前後串聯的日子，最具代表梭羅一生由「疏離以至關懷」或文學「簡約生活」至政治「個人國（Reprivate）」思想的完整歷程，也是研究梭羅人生轉折的重要雙核心。

　　然事實上，翻開梭羅人生思想地圖，自一八四五年，梭羅開始湖濱獨居之前後作品追溯，這些外表寧靜、消極的形而上之作，其實皆是號召人心，不法世俗，勇敢選擇自己生命的本質之作，與一八四九年後，投身社會反奴的激烈態度有其內容與態度的一致。梭羅一八四五年湖濱的「簡約生活」（Life of Simplicity）實質是他湖濱前「自我教化」構想下，所行個人疏離社會之改革實驗，這種改革的意識，繼續延伸到他一八四七年九月「我離開湖濱，是因還有更多不同的生命有待嘗試。」[3]（Walden 1937）；由「後湖濱」之作品——《緬因森林》（1856）、《散步》（1862）、《沒有原則的生活》（1862），所衍生「邊界生活（Border Life）」論[4]（Walking：1973），是梭羅在重返及參與社會後，關懷務實之調整與為日後政治投入的過渡；待《公民不服從論》與《麻州的奴隸》（1854）、《為約翰布朗隊長請願》（1859），則是梭羅全面跨入

[2]　Emerson, Ralph, "Thoreau", American Literature, 5th edition,Vol. I, Ed. Nina Bayum, New York: W.W. Norton & Company, 1995.

[3]　Thoreau, Henry David, "Walden", American Literature, 5th

[4]　Thoreau, Henry David, "Walking", American Literature, 5th edition, Vol. I, Ed. Nina Bayum, New York: W.W. Norton & Company, 1995.

廢奴運動與政治理想國的政治想望,可見梭羅長久以來予人刻板隱士形象,消極、避世的人生思想,是與他真實人生大有出入的。貝克曼(Martin Bickman)即準確定義《湖濱散記》不過是梭羅整個積極人生旅程的「中繼站(transition)」[5]。

因此,結合梭羅文學理念及政治理想之因果與互動的歷程,解析梭羅人生是如何從一位湖濱自然的孤隱詩人,到溫和的社會改革者,再至擁護暴力廢奴激進者的思想歷程,翻轉梭羅以往予人單純、幽然、隱世的沉靜外表印象,還原梭羅後半生內心世界中,激進、求變的真實特質,賦予梭羅更整體的人生面貌,而有以下三階段的整理發現:

一、從「自我教化」以至湖濱「簡約生活」的實驗,最終至「邊界生活」的現實調整。

二、「公民不服從」是梭羅後半生致力「解奴」之發作,所呈現是他政治立場在重返社會現實下的趨向調整,自「不抵抗」到非暴力之「和平革命」迄「暴力不服從」路線的走向。

三、梭羅在文學「疏離」與「簡約」的意識應用下,而生政治上,烏托邦之理想國的設計。梭羅「權宜統治」論(the Rule of Expediency)中主張「最好的政府是什麼都不管的」的「最小政府論」復古路線是企圖以「個人良知」為最高法的「個人國(Reprivate)」建立,以別柏拉圖仍以法治為重之「共和國」(Republic)。

---

[5] Martin Bickman, Walden: Volatile Truths (New York : Twayne, 1992), p.57.

第二節　疏離與現實的意識交會

　　梭羅一生思想之兩大轉折，就是他在文學上主張心靈靜的力量，在政治上卻贊成變的動力，這靜與動特質間的交會，方致梭羅生命過程，產出湖濱個人疏離的悠然至後來濟世孤憤的落差形象；梭羅由激勵人心顛覆傳統，勇於選擇自己的生活至政治改革的廢奴激進理想中，「自然」是梭羅此一「個人疏離」思想啟發的源頭，「關懷、務實」是貫穿他行為的動力。海曼（Stanley E. Hyman）詮釋此一「靜、動之間」過程是「從自我核心（egocentric）到社群中心（socicentric）的動態演進」，因此，「湖濱獨居是一個改變歷程中的象徵行動，是從個人的孤立過渡到集體社會認同；從抽象的哲學上看，是自一個柏拉圖式的烏托邦，再到一培根（F. Bacon）式的利他主義者。」[6]

　　梭羅自疏離社會以至社會化的傾向，早在西元前第五世紀起，希臘城邦政治邁向成熟時，辯士學派（sophists）便已經開始爭辯 Physis（自然，本性）和 Nomos（社會，法律，契約，人為）孰重孰輕。社會化是人類生活的必然模式，所以亞里斯多德稱人為「社群性類體」（social beings）。但是從某個層面來說，社會化卻又代表一種集體規約的體制，終始在節制個人的任意性。所以，社會化會不會壓榨了人的自由，阻礙人所嚮往的無拘無束自在生活，因此，對於那些崇敬自然、嘗試抗拒社會化的人便有二種截然不同的應世準則，一是入世的，另一是出世的。具有入世

---

[6] Stanley E. Hyman, "Henry Thoreau in Our Time", in Walden and Civil Disobedience: Authoritative Texts Background Reviews and Essays in Criticism, Edited by Owen (W.W. Norton & Company: New York), p.321.

思者嘗試去改造社會，使之更適合人性（建立一個依 physis 建立
的 nomos）。諸如：湯瑪斯・莫爾（Thomas Moore）所願想的《烏
托邦》，都嘗試建立一種適合於人性自然的社會體制，這類思想
最出名的代表作便是柏拉圖《理想國》。另一種則是出世的，激
進者或許成為無政府主義主義，或者離群索居的隱士。稍為和緩
者便尋求在現實上獲得一種解脫，這種解脫不是完全拋棄社會，
而是嘗試透過極小化的社會關係來獲得距離，於是他們主張回歸
田園、過著牧歌式的生活，透過外在的自然來重尋自己內心的自
然。梭羅可列為這種緩和出世觀點的一份子，但是卻是不徹底的，
因為他總是掛懷著現實制度的不自然，而不能縱情於他所找到的
自然。所以，在華爾騰湖的二年多的歲月，只能看到是一種實驗，
其目的還是為回歸社會做準備，或者在體制下找尋合乎人性的處
世方式。[7]

　　這也是研究過程上，我們發現「疏離（aloof）」意識是梭羅自
始一貫的想念出發，這源自愛默生超越主義中「孤離（solitary）
社會」的原始概念，梭羅是將之運用的淋漓盡致了！雖然梭羅之
「社會疏離」是梭羅在文學上求取個人最高精神生活的指導，但
隨著社會關懷意識的發展，不免一貫的延續及應用到他政治理想
國的構想核心上，試圖將心靈及精神上的平靜寄託於理想的社會
環境之中，期待社會是一座與世隔絕的烏托邦，一個崇尚自然並
且怡然自得的社會。

　　由此角度，自可料判從獨處湖畔重回群體社會後，梭羅「社
會疏離」理想意識，勢必要受到社會現實的考驗與調整，而根據

---

[7] 臺北市立教育大學通識中心，經典導讀：湖濱散記。見 http://genedu.tmue.
edu.tw.

此一假設的切入，也的確觀測梭羅文學的疏離浪漫與投身反奴的政治現實衝突下，得到梭羅「社會疏離」和「現實調整」兩大動態心理意識的接觸與妥協的歷變歸納，進而解析他個人前半生文學的「簡約生活」實驗至後段「反奴」與「最小政府」之政治烏托邦，兩者的堅持與調整，也從中感動與瞭解一個最文學的政治觀及一位文人理想主義者在最少的讓步下，如何努力堅持個人至上的理想應用於政治理論之上，提供了最洶湧的浪漫活水給日後民主論調。

另批評者常愛引梭羅思想中存在的一個牴觸，即是梭羅堅信美國「獨特主義」（exceptionalism）的優越性，同時，卻又極度失望美國人民的物化腐敗及道德墮落；也就是國家好，但人民不夠好。這恰足證明梭羅由疏離以至關懷的改革順序也是由個人至國家的路程，也正因如此，梭羅早期改革理論焦點是集於個人的「自我教化」，才有湖濱「簡約生活」的實驗，梭羅的改革邏輯是個人改革成功，則社會自然改善；直到一八四〇年代中，美國奴隸制度開始快速的漫延，才使梭羅的改革目標從原先美國資本主義過度發達所造成社會人心腐化的憂慮，轉而至美國政府，一八四八年，《公民不服從論》發表後，梭羅就「再也無法忠誠於這支持奴隸制度的政府了！」因為它幾與奴隸主是同路人，已快失去保護個人自由的功能，梭羅方覺醒個人的「自我教化」已不如改革一個不保障個人自由的政府來得更加急迫。

另就時間連結的關係上看，居住在湖邊，梭羅並不是完完全全與世隔絕，他對社會依然懷著敏銳的關心，梭羅由文學的個人自由追求延伸至社會正義關懷的理想也是呈融合交集的發展。一八四六年七月二十五日，正在湖濱獨居的梭羅反對美國發動墨西哥戰爭，

認為是美國政府企圖蔓延奴隸制度至新併吞領土──德州的不義
戰爭，決以拒絕繳稅抗議，結果被捕入獄，獄中的一夜，給予了梭
羅極大的刺激，環環相扣者，也因此，梭羅決心從個人放大到集體
的改革，乃憤而發作《公民不服從論》，可見該作品其實是他湖濱
進行文學實證時期之覺悟，而非重新踏入喧囂人群之後的發想。

　　這般由疏離以至關懷之雙核心意識邁向，也展示在梭羅思想
形成與中國傳統文化中──道、儒影響力道之順序上。梭羅是中
國最感親切之作者，即其意境與哲學有濃厚之中國風，有著「採
菊東籬下」的悠然與「帝力於我何有哉！」無為境界之直覺附會，
然考諸梭羅作品，卻愛引孔子語句作他生活哲學之闡述，說明儒
家「經世致用」對梭羅內在「關懷務實」的影響，也就是梭羅與
孔子都有那一股相同急切的濟世情懷，而梭羅思想根本之浪漫主
義，基本上，篤信人本，相信個人率以本性，則可發現生命本質
的至真至善，這與儒家主張人性本善的道理是根本是互通一致。
客觀研究，梭羅在湖濱時期應是由道邁向儒的轉折點，梭羅進行
個人「自我教化」的文學心靈的生活實驗，希望建立的是一個人
與自然和諧的交融關係，此時追求者是一老、莊「至人」的境界[8]；
而湖濱後期發想之《公民不服從論》則是梭羅入世關懷，希望將
個人良知注入社會體制的烏拖邦改革，是儒家政治止於「至善」
的理想。

---

[8] 作者引用「至人」一詞是來自莊子《逍遙遊》：「夫乘天地之正，而御六氣
之辯，以游於無窮者，故曰至人無己…」莊子以為只有搭乘天地之道─即
所謂神秘之天地精神同體，超脫「六氣」─指物質世界之外，才能得到真
正神遊自然，無入不自得的絕對自由，也就是至人是可以忘掉自己軀殼存
在的，所有制度化為空有，個人的良知與本性成為最高的標準。與梭羅這
場心靈實驗的精神有相同之意境。

第三節　梭羅的政治理論與行動

　　梭羅一生投入文學兼及政治的改革，兩者往往領域的差異，後人習作分離的獨立研究而生片面成果，一般人偏執以梭羅「專業」的文學為探討，結果常生研究梭羅人生的斷點而質疑：梭羅雖走出華爾騰（Walden）湖畔森林，卻仍有如身在森林，梭羅只找到生命的首章，但卻不知生命其他的篇章所在？此即忽略了其實他後半生「業餘」政治這一塊，才是完整瞭解梭羅率直、熱忱與個人最至情至真的改革堅持。同時，俯瞰這一半的梭羅人生，也才能微觀他超越疏離，而日趨現實與激進的行為與意識，最終決定他的價值判斷與自我定位。

　　因此，本書另一大重點即於研究梭羅個人歷史中，長久受人忽視的政治生活，這分別表現在他政治「最小政府」思想下的兩大理論支柱——「權宜政府論」與「公民不服從論」之分析、探討和梭羅自一八四八年起之政治實踐——「反奴」與「烏托邦政治」雙重政治三部曲的兩大部份上。（見附圖表一）

　　「權宜統治」是梭羅政治理想國的理論架構。「權宜統治」論絕非無政府主義論調，這是一般人最誤解梭羅之政治理念者。對政府之態度，梭羅仍視政府存在之必要，他從沒廢棄政府之主張，而是如何改善而找到一確保個人最大自由之政府。梭羅在《公民不服從論》乙文，伊始就自承他衷心接受麥迪遜所主之「最好的政府是管得最少政府」，梭羅也認同美國「代議共和制」仍是與當世其他國家政體，相較上優越的政治制度；然他所要的不過是一個比現在「立即且更好的政府」[9]（Civil Disobedience：1753）；可

---

[9]　Thoreau, Henry David, "Civil Disobedience", American Literature, 5th edition, Vol. I, Ed. Nina Bayum, New York: W.W. Norton & Company, 1995.

見他仍以美國固有政府體制為本，梭羅改變政府至「權宜
（expedient）」的位階，梭羅以為所有政治的產物：政府、法律、
公務官員，沒有權力論斷道德與正義，因為理想之政治國度是以
「個人良知」而非法律，作最高運作法則，但現今民主之政府卻
利用投票下之多數決，將正義與道德可以扭曲變成權宜、妥協的
法律、政策，扭曲個人良心與自由在民主政治的核心價值。梭羅
將政府定義不過是「權宜性」的存在，是將「個人自由」極大化
與「政府權力」極減，更勝建國先賢之「政府越小，則個人自由
越保」至理，「一個自由、理性的國家，就必須認同個人良知才是
最高與獨立之權力，也是它一切權力與權威的來源」，也就是當一
切能以個人良知與道德為治之時，「最好的政府是什麼都不管的
（最小）政府」。（Civil Disobedience：1752）

　　「權宜統治」除衍生梭羅政治理想國者完整的理論，梭羅另
一令人印象至深與最為影響後世支柱思想者，是他創意的反抗政
府設計『公民不服從論』，基本上，解析梭羅「不服從」思想形成，
可自兩大淵源理解，首先，反抗民主政府的概念最早源自希臘柏拉
圖《理想國》，記載蘇格拉底受審時，蘇格拉底堅持法律是個人與
政府的契約思想，寧可以死，以示不公審判。對蘇格拉底之「惡法
亦法」的態度，梭羅卻是改以「惡法非法」而獨特，另外，梭羅的
反政府概念也來自傑佛遜的激進民粹思想，面對一個違反個人良知
的政府，人民有權加以推翻，惟梭羅又主以非暴力不服從，而非傑
佛遜以「愛國者及暴君之鮮血」而更影響後世。

　　分析梭羅政治「最小政府」思想的溯源，除前述之超越文學
與東方中國哲學思想的影響，直接言，由梭羅自述可見柏拉圖與
美國先賢傑佛遜（Thomas Jefferson）及麥迪遜（James Madison）

對他政治思想的認識與形成影響最大。梭羅基本還是以傑、麥「獨立宣言」所揭示之代議共和制理想為改革思考藍圖，尤其在梭羅愈趨現實的政治發展路程中，即是傑佛遜的「小」政府設計思想，給予了他相當大的影響。如梭羅主張以暴力推翻不義政府之激進思想，或傑佛遜以印地安人僅以「生命、財產、自由」，建立最簡單的政府政治，到梭羅最後接受之理想國之「鄉鎮」（township）模式，可說很大成份是以傑佛遜為師。

梭羅政治思想實踐，是他分別在「不服從」論下從事的反奴運動與「權宜論」下而生之烏托邦的想像與設計，我們觀察發現這兩者是同步且平行的互動、發展，而有趨向激進及務實的三階段過程（見十四頁圖），而最終仍回歸梭羅疏離文明的個人精神世界。亦即梭羅在逐步由「疏離文明」之文學實驗生活過渡到政治參與的轉變過程中，一方面，我們看到梭羅以抗稅反奴的「公民不服從」政治理念──自「不反抗」、「和平革命」、趨向「暴力不服從」的激進趨勢，另方面，隨之而生，極度想望之「烏托邦」政治理想亦自「大同世界」、「鄰里之治」以至「鄉鎮國家」，同步漸次地消失或者說關懷落實化的兩大現象產生，清晰呈現他政治行動與烏托邦理想的雙重「三部曲」在現實發展下的必然反比走向，使我們從中感動與瞭解一個最文學的政治觀及一位文人理想主義者如何在最少的讓步下，努力堅持道德與良心至上的理想，應用於政治可行理論之上，提供了日後民主最洶湧的浪漫活水。

當一八五九年，約翰布朗在南方舉事失敗受絞，梭羅不但徹底死心個人自我教化實驗，溫和、非暴力的和平革命都不足喚醒人心。從此，轉向暴力廢奴運動，主張即使流血也在所不惜，鼓吹「暴力不服從」：

對那些持續驚訝於奴隸還存在的人，他們現在應該去驚訝奴隸主的暴力死亡。我不希望殺人與被殺，但我可以預料未來這兩種情勢，已無法避免。……對那些持續驚訝於奴隸還存在的人，他們現在應去驚訝奴隸主的暴力死亡。[10]（A Plea for Captain John Brown 132）。

一八六一年美國內戰爆發，黑奴終需無法避免以武力解決。隔年，梭羅在臨終前發表他〈沒有原則的生活〉一文，表達他政治態度之最後見解，文中，梭羅似有終底完成美國奴隸制度之將走入歷史心願，卻憂心「人民將有淪為經濟與道德奴隸的未來」[11]（Life Without Principle），梭羅根據「權宜統治」之「最小政府論」的根本下，提出「現在是尋求個人國替代共和國的時候了！」（Life Without Principle：1987），不脫他「疏離」與「簡約」的個人主義思想中心。

第四節　梭羅循環不滅之時代意義

就重感性的梭羅言，自然是人生中最接近夢想與新生的地方。梭羅是屬於文明轉折期的人物，他處於農業相對沒落，與機械時代

---

[10] Thoreau, Henry David, "A Plea for Captain John Brown ", The Higher Law: Thoreau on Civil Disobedience and Reform, edited Wendell Glick, N.J.: Princeton University Press, 2004.

[11] Thoreau, Henry David, "Life Without Principle", American Literature, 5th edition, Vol. I, Ed. Nina Bayum, New York: W.W. Norton & Company, 1995.

的開端，隨著鐵路、汽船、電報、工廠，鄉村已越來越不「自然」，這使梭羅對自然產生強烈的感傷與感受力，藉由湖邊萬物與四季的興替來闡述自然不變的永恆性，並透過靜觀萬物自得以反思人性生存的意義。

　　本書第五章特針對梭羅習慣性喜好引用自然界特定的主體——鳥獸、花木及果實、種子與太陽、聲的光華等，扮演自然之代言人，配合四時之象徵——出生、成長、衰弱到新生的循環，歸根究底，梭羅所要系統傳遞者，就是一部完整號召人心的「重生」（rebirth）之作，這寄予喚醒人心的寫作譬喻，透露出梭羅觀察自然界萬物時，感受到自然有四時生死枯榮，生生不息的循環成長；人順其自然，也有其中生命循環的教化。自然萬物發乎直覺與有序的運作與互動，一直吸引著梭羅將各種自然現象的過程與關係，效法到個人的「自我教化」，再到政治社會上主張以個人良知與道德有如自然萬物，發自內在，自由運作的可行。不論是以自然為主的作品如《湖濱散記》、《散步》、《野果》、《秋色》、《沒有原則的生活》與《種子的傳播》等，即使是社會與政治批判性的作品如《公民不服從論》、《麻州的奴隸》、《為約翰布朗請願》，這般風格筆調，集體且系統地為此一單純目的，成了梭羅大部作品寫作與閱讀上，最常遭遇的特色而有之固定寫作風格，也是他中心思想的表達。

　　梭羅一生思想找尋者，不外是個人內心世界的永恆之路；同時也提醒人與自然一體的概念，人非自然惟一的中心。嚴格言，梭羅的思想與論理與其說是創見，實不如說是繼承鼓吹或復古的懷舊，然而梭羅死後受人景仰不下前人，其動人之處應該是他那「一息尚存，永矢弗諼」，堅持真理的道德與勇氣，從個人簡約生活到政治

理想國之建立，都是個人至上的一以貫之，以良知道德為真理，不
以為空想，一定可以開啟一永恆精神生活。

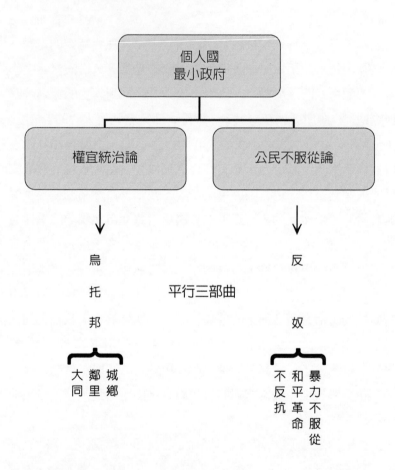

另以時代意義言，二十一世紀當人類逐步顛覆進步並非趨向複
雜，承認過往征服自然、人定勝天的自大無知，追求一個簡單且配
合生態的自然生活，才是真活與樂活，等於承認百餘年來的資本文

明之失敗。梭羅「簡約生活」的「樂、慢活」哲學、素食、「自己動手」的 DIY 觀念、保育及他「最小政府」概念等返璞歸真、前瞻性的智慧，勢成人類未來自然、簡單、健康、快樂之「低碳生活」的思考主流。

第二章　梭羅文學思想的根源

　　啟蒙時代以來，歐洲知識界崇尚理性與進步，推崇秩序與和諧的概念。十八世紀末以後，知識份子開始質疑這些想法，認為理性與感情並非總是對立，強調個人心靈、獨特性與想像力的重要，而開啟「浪漫主義」的思潮。歐洲各地的知識份子開始研究民俗、文學，鼓吹文化認同，激發民族意識。

　　十九世紀中，工業革命後，文學開始提倡寫（現）實主義，主張忠實精確的反映當代社會生活，以客觀的觀察代替想像力，部分寫實主義作品針對工業化社會與中產階級的物慾腐化的作習風氣大加撻伐，例如英國狄更斯的作品便能喚起眾人的社會良知。

　　在此文學發展的時代風潮下，梭羅文學思想根源——「超越主義」，正是順勢結合歐洲「浪漫主義」與美國愛國思想之「獨特主義」，所生「形而上」的思想，強調自然及心靈上的直觀，追求個人精神的永久自由，它的社會目標就是建立像烏托邦那種圓滿的社會境界，故又極具「烏托邦」的理想境界。

　　同樣地，美國社會在十九世紀，工業、都市化快速發達下，個人自主性與創造力在資本社會體制下的流失與功利主義盛行，隨之衍生之社會公平問題下，財富除患不均，就南北地域而言，更陷入發展極端失衡，隱藏的問題與危機，一一浮現，如其中黑

奴制度、勞工待遇、都市貧民窟、女權、禁酒、獄政等，引領美
國進入改革的時代（Reform Age）。梭羅在感同身受現實下，並沒
選擇置身事外。因此，除了民族獨特主義與浪漫主義兩大思想激
勵，超越主義的形成自亦受「現實主義」影響，三方推波助瀾，
交會而成。

影響梭羅最巨者當屬超越主義之發起人愛默生，但梭羅不同愛
氏者，就是梭羅企將超越主義的理想境界運用到現實的世界，此
外，梭羅對美國資本化後，社會貧富不均與人心不古的修正，益使
梭羅更具「社會寫實」的關懷精神，而有「自我教化」的個人改革，
是他企圖提出替代資本主義生活方式的實驗選擇，這從他獨處湖濱
「簡約生活」，超脫物質誘惑的心靈運動中，我們發現梭羅雖疏離
文明社會，也能彈性接受現實的條件，展現務實的人格取向，梭羅
並非不食人間煙火的隱士。

綜合超越主義其中成份之浪漫、愛國、及社會公平、烏托邦理
想，自然促使梭羅以文學詩人之姿，急切投入社會改革運動，為這
個活力卻靈魂失序的年輕國家，找尋「心」的精神生活。

第一節　超越主義的形成

十九世紀中，美國本土詩人成功消化、揉和了歐洲浪漫思想及美
國本土自然而出的超越主義，號召疏離社會，回歸自然，尊崇個性，
反對教條，強調個人精神境界的突破是可藉由個人與自然進行一種形
而上的交感會合達到，此一獨特人生哲學的蘊涵，造就美國人民追求

個人自主，反抗權威，突破傳統，不因循舊俗的前衛性格，體現美國人民在理想與道德較舊世界優越的獨特主義，它對於美國精神和文化擺脫歐洲大陸的母體而形成自己嶄新而獨特的面貌產生了巨大影響。

超越主義的出現，也幫助美國人完成了文學立國之夢。美國之所以偉大或說美國的實力，即其堅持人本，強調個人自由的人文；因此，超越主義是美國民族文學之底蘊，超越主義強調「個人」的重要性，因此人的首要責任就是追求「自我完善」，也是這股特質才能不斷吸引、號召世界抱持理想與真誠之人，不畏艱困，放棄一切地移居到這片新世界，不但完成個人夢想，且不斷探索人類最理想之生活境界。

因此，本節之目的將介紹梭羅思想根源——超越主義之形成背景、成份及其對梭羅性格、意識與行為的指導分析。

一、浪漫主義

激發超越文學人士思想源頭者，就是十八世紀風行於歐洲的浪漫主義（Romanticism）。

從歷史的脈絡來看，浪漫主義往往被定位於「對理性主義（rationalism）的反動」。盧梭把真誠（sincerity）和情感（emotion）置於真理之上，而這樣的主張肇始了浪漫主義的思想，人們開始重視美德（goodness）、自然（nature）、感覺（feeling）等觀念甚於智性（intelligence）、與準確性（accuracy）。」[1]；盧梭認為，人

---

[1] Babbitt, Irving. Rousseau and Romanticism. (Boston and New York, 1919), p. 113-114.

是受熱情（passion）所推動，而理性只不過是欲望的工具；感覺
（feeling）在浪漫主義中的重要性，即所謂「先感覺，理性自會
給它形狀與方向」。[2]而康德（Immanuel Kant）對於道德的主張就
與此類似，康德認為，在道德裏，感覺是基礎，而知性唯一的任
務，是道德概念的釐清，然後闡釋那些「對於善的單純感受」如
何形成概念。超越主義並非美國原有的思想，超越主義一詞，即
從康德哲學中而來。康德主張，道德的最高法則是忠於你的自然
天性。[3]

　　浪漫主義不只反對理性主義，因為人只有直接跟著自己的感
覺而非理性而走，才是最絕對的自由與無限；浪漫主義同理也反
對古典主義，即因為在古典主義中，過度服從固定的法則以及規
範，不容許個人有絲毫的想像餘地，它特別重視理性，幾乎要把
人性（human nature）抹殺殆盡。如盧梭所說「偏見、權威、範
例，和使我們沉湎的一切社會組織，都可以使我們人類的本性
消滅。」[4]

　　作為美國超越文學搖籃地的新英格蘭，由於地理關係，正是
引進歐洲十九世紀浪漫思想之大門，這馬上與在地代表美國社會
傳統價值，幾近以神道治國的新英格蘭地區喀爾文派清教徒
（Calvinism Puritan）思想首當其衝。批評梭羅最巨者如羅爾
（James Lowell）即解讀超越主義不過是梭羅針對「清教徒主義的

2　Kuehn，Manfred。《康德：一個哲學家的傳記》，台北：商周出版，2005，
　頁181.
3　Jacques，鄭明萱譯。從黎明到衰頹─五百年來的西方文化生活(台北。貓頭
　鷹出版社。2007)，606-607頁。
4　周伯乃，《近代西洋文藝新潮》，台北：文開，民七十一年，頁六十七。

一種反抗精神，目的是尋求一條逃避『形式與教條（forms and creed）』的管道。」[5]。

　　這群搭乘『五月花號』，號稱第一批在新大陸移民定居者的喀爾文（Calvinist）派清教徒相信「預選論」（Pre-destination），謂個人除了不斷對神告解，遵守教會戒律及秩序，取得神的啟示（revelation），個人命運，上帝早已注定，但清教徒卻也強調人生價值者，可藉工作財富的世俗成就，榮耀上帝，這搭配同時期「社會達爾文（Social Darwinism）」思想——將工商社會中，個人競爭之優勝劣敗所合理化，孕育出資本主義之意識型態，讓美國群眾以為找到了個人價值最理想、公正之生活方式時，梭羅卻指出這才是現實世界中最引以為戒者，因為它是以心靈道德與自然為豁，危害人心本性最駭者。梭羅不論在他湖濱獨居的簡約生活實驗與政治解奴的奮鬥當中，常言者諄諄，聽者渺渺之對象者，正是他這群麻州清教徒的鄰居，「我多希望我的鄰居是狂野的。」[6]（Journal, Vol. 3：201）梭羅對他們因循麻木與知之不為，常是不假辭色的憤斥。

　　相對於喀爾文主義之宿命觀——禁錮心靈，以神為本，堅持以不變應萬變的守舊思想，浪漫主義相信個人判斷與感性訴求自的確顯得分外突出。這種動人意識者，在超越主義作家霍桑著作《紅字》中，典型地自然流露出來：書中女主角海思特（Hester Prynne）因未婚生子被鄉人佩上紅字。一如古人刺面，卻堅不吐

[5]　James R. Lowell, "Thoreau", in Walden and Civil Disobedience: Authoritative Texts Background Reviews and Essays in Criticism, Edited by Owen Thomas, p.285.

[6]　Henry David Thoreau. Journal, Ed. Robert Sattellmeyer, Elizabeth Hall Witherell et al. 7 vols. To date. Princeton: Princeton University Press, 1981.

實令她懷孕者正是象徵掌握制度的牧師，嘲諷清教徒思想對個人
尊嚴、自主的摧殘與教義禁錮壓抑下個人生命力的無助與孤立，
令人感到個人地位在世俗環境中的渺小與無法抗拒命運的無奈。
與好友霍桑的消極悲觀較，一生以麻州為家的梭羅則是聲若洪
鐘，直接鼓舞群眾挑戰權威，顛覆傳統，追求一個無限自由的「個
人良知」，愛默生盛讚「梭羅是最道地之美國人與天生的反抗者。」
（Thoreau 1203）

　　美國超越主義學者除承接歐洲浪漫主義中自我、感情與人性回
歸自然的論調外，創作上，更偏愛將此一心靈訴求結合了美國本土
自然風光，由自然重新找回人性的真善美。依呂建中、李奭學所譯
之〈近代西洋文學〉，寫道：

> 十八世紀中葉由啟蒙運動過渡到浪漫主義特具深意的兩點
> 就是：一是對自然的概念與以往已不可同日而語；二是情
> 思、感覺、情感、熱情的重要性有增而已。要想徹底瞭解宇
> 宙萬物，關鍵可能不在於頭腦，而是在於人心——即感情。
> 浪漫主義時代在促人重估心靈偏重直觀之際，也為自然觀抹
> 上新彩。浪漫主義對自然（Nature）一詞指的對象狹義多了，
> 僅限天然的景觀、野外與山水。十八世紀後期文學作品的主
> 角，大都從都市與客廳的框框走向海洋與森林。十九世紀
> 初，浪漫主義作家青睞者，十之八九是質樸如天真無邪的孩
> 童那般親近大自然。[7]

---

[7] 呂健忠，李奭學，近代西洋文學～新古典主義迄現代（台北：書林，民九
　十五年），頁三十九～四十三。

　　浪漫主義的自然元素啟發了美國文學家思索文學獨立之時，有別歐洲舊大陸者，正是新大陸之壯闊山川、原始林木及原住民印地安人，成了超越主義文學家，尤其梭羅是最徹底者，在表達浪漫主義作品時，最習慣引用的創作素材和靈感。

　　因此當十九世紀初，美國人仍醉心英國小說，惟英國作家是瞻，全然冷漠國內作家作品時，第一位能吸引轉移國內讀者為古柏（James F. Cooper），古柏成長於紐約州中部，幼年即見識西部拓展甘苦，親睹向西部拓荒中，移民獨立自主，自立自強與印地安人及大自然博鬥、共生過程，而生迷戀之情，這般經歷使古柏創作，不斷以西部拓荒者與印地安人、暴力、法律為素材，探討個人與自然關係。書中雕塑美國人獨立、理想及道德形象，但同時在西部荒野無政府狀態所滋生暴力、貪婪描述中，也隱喻出秩序及法律的需要。古柏最著名作品《最後的摩希根人》（The Last of the Mohicans），主角是一位白人卻是由印地安人服撫養長大，之後，轉而對抗來自英、法殖民的統治殺戮，隱喻新大陸的善與舊世界的惡，文中也表達美國印地安人對自然的尊重與共生的和諧，譬如文中印地安人對所獵之物會表達惺惺相惜之意，同時又一面暗表對印地安人本身，卻不停遭受滅族的遺憾。同樣地，此一本土自然的運用也反映在美國藝術界畫家以哈德遜河谷為本土藝術創作題材而聞名，而有所謂哈德遜學派（Hudson School）的產生，同樣展現她熱愛自然，尊崇個性，重視行動與創意，反對權威和教條。由此可見美國本土文學之超越主義這一思潮，根本不脫是美國版的浪漫主義。

二、獨特主義：民族與愛國思想

　　除了浪漫主義，另一超越主義思想成份者則是由此衍出之本土
愛國思想──「美國獨特主義」（American Exceptionalism）。美國
人自認擁有卓越理想之獨特主義，最早可源自清教徒在殖民地時期
的意識形態，他們相信上帝與其有約，是神揀選的子民，優越地球
上任何人民。該一詞是法國哲學家亞歷士托克維爾（Alexis de
Tocqueville，1805-1859）於一八三一年所杜撰之詞句，強調美國與
美國人在世界上地位獨特，因其提供人類機會與希望，注重人身與
經濟自由的政治理想，衍生出獨一無二的民主生活制度；是美國人
道德優越感的一種展現方式。總之，美國獨特主義思想是美國愛國
主義與民族主義價值所融合而出之國家優越意識，也是促成美國脫
離英國政治與文學獨立的關鍵意識。

　　一六〇八年，北美新大陸的第一個殖民地在維吉尼亞州詹姆士
鎮（James town）建立後，歷經大英帝國近一百七十年的統治及文
化薰陶，然而，同時間，一個新興民族──美國人也在自然的孕化生
成。美國最早移民之間所共有的一個特質，就是他們身份大部是平
民。在沒有階級，人人平等下，「美國夢」（American Dream）成為
他們之間的核心價值，個人有選擇的自由，美國人民相信靠自己的
努力，不是家族血統，就有實現自己夢想的可能，何況在全然的荒
野環境中，貴族頭銜是保不住命，這也是源起歐洲強調個人精神的
浪漫主義，卻是要在美國，才能將民主埋種萌芽，進而成為人類生
活制度之可能，讓美國人感覺到獨特不同於他們在歐洲舊大陸祖先。

　　然英國母國在這一百七十年的殖民中，似乎完全漠視與無知他這批海外子民，不論思想、觀念與生活方式，早與他們漸行漸遠，雖然這支新興民族對他們的生成也似在懵懂中。一七七六年，獨立戰爭爆發，大敵當前時刻，大陸會議十三州人士猶豫中，維吉尼亞州代表派翠克・亨利（Patrick Henry）如同春雷驚蟄般一句「我不是維吉尼亞人，我是美國人。」方喚起民族共識，他們已生成一個不同的民族——美國人，已經有不同的生活選擇——主權在民，而更關鍵本土意識論述的強化來自佩恩（Thomas Paine）所撰寫的一本小冊「常識」（Common Sense），要求美國人民以常識判斷「以美國之廣大竟要聽命幾千里外狹小的英國統治」之荒謬，並鼓吹與堅信「美國獨立可以有更好的前途發展。」佩恩首次表述美國並非歐洲之延伸，將美國形塑為與其歐洲先祖根本不同的國家，而是一個新天地，是一個潛力無限、機會無窮的國家，卻受發展瞠乎其後的不列顛母國所傷害，美國人民終被說服願為脫離英國統治的民族獨立而戰；才將原本「抗稅」的社會抗爭，轉向政治革命。

　　此一民族主義除了鞏固美國政治立國宏基，同樣也波及到文學領域，刺激一群愛國學者對當時美國人民仍以英國進口的文學書刊為主要心靈閱讀來源，而感慨美國雖然政治獨立，卻仍然是英國文學的附庸。一八〇二年，英國文學批評家希尼史密斯（Sydney Smith）對此文學依賴現象，給予一尖酸卻不失真實嘲諷：「在本世紀，誰讀過一本美國人寫的書？誰看過美國人寫的歌劇？誰曾觀賞過美國人所作一幅畫或一件雕刻？」[8]這一俐落話語雖深刻道白當時美國文學成就上的貧乏自卑，但也激起一八三〇年代，一群來

8　Thomad A. Bailey and David M. Kennedy, The American Pageant，Vol.1 (Lexington, Massachusetts: D.C. Heath Company, 1983), p.341.

自美國東北部新英格蘭地區（New England），而中心正是梭羅的故鄉麻塞諸塞州康考特鎮（Concord）的文學人士如愛默生、霍桑（Nathaniel Hawthorne）、惠特曼（Walt Whiteman）等許多卓越的文學家和思想家，發起國家文學解放運動，造就美國本土民族文學理論──超越主義的誕生，在民族主義的旗幟下，解放了美國的思想，也使美國文學從模仿英國及歐洲大陸的風格中，脫穎而出開創了美國文藝復興時期。

梭羅的超越主義包涵了濃厚的民族與愛國思想，他堅信美國之所以獨特與優越是擁有最原始的自然、山川與森林，憑藉維持美國人民保有人性之最高本質──「如植物、蔬果之於野獸，美洲則有如於舊大陸人心的新生之地。」（Walking 1962） 這也是梭羅除短暫時間離開外，他一生相伴康考特鎮，是最堅定與道地的民族文學與愛國主義者，他自信「新英格蘭不是英國，因為她不必建立在其他文明的灰燼之上。」（Thoreau：1206）

梭羅的愛國意識與美國優越的獨特自信，刻意顯現在他對美國獨立紀念日七月四日的象徵性重視，每用以作一生重大行動之開端。他刻意用該日期作為他湖濱自建木屋的落成日（Walden：1791），正式開始他人生第一階段的湖濱獨居生活──「自我教化」文學的心靈改革實驗；兩年後，梭羅離開湖濱重返社會，在疏離與現實交集之「邊界生活」妥協，也是出於「愛國與忠誠」（Walking：1973）的驅使，以進行社會運動之參與；最後他政治理國的規劃，也是擔憂美國如此放任這些只會「玩弄文字遊戲的立法者治理」，美國「國勢終將不保。」（Civil Disobedience：1767 ）；最明顯者，一八五四年，梭羅也是以七月四日發表《麻州的奴隸》啟動他人生後段的政治廢奴運動的激進路綫。

三、社會資本化與烏托邦思想

　　美國在十九世紀，步歐洲後塵，展開產業革命，工商快速地取代農業，鄉村人口集聚都市；分佈發展上，美國轉型資本社會與都市化，又集中於北方，而北方又以梭羅的故鄉新英格蘭為中心。但是由英國率先進行的「工業革命」，在社會經濟產生的公平正義問題，又刺激了烏托邦社會主義，超越主義既是美國版的浪漫主義，多少也是對社會現實無力之下的想像與寄情，終究難脫「烏托邦」的超現實理想色彩之衍生。梭羅在《湖濱散記》中，某種程度也是將他內心無法實現卻極度嚮往的理想世界以及人生各種情懷皆寄託於文章之中，抒發心中抱負與情感。美國或梭羅的麻州生活所在地，快速的工業資本化，從一八四○年至一八六○年代統計數字顯示，可以取得立即的感受與瞭解：一八四○年美國製造業產值 4.83 億美元，一八五○年達到 10 億，一八六○年達到 20 億，首度，美國工業產值超過了農業產值，美國已全面轉型到以工業資本文明為主的現代化環境。一八六○年，當時全國 14 萬家製造工場，7.4 萬家集中在東北部，13.1 萬的工人中，9.4 萬分布在新英格蘭與中部濱大西洋州。鐵路也從一八四○年 2,818 英哩至一八五○年的 9,021 英哩，一八六○年再以三倍英哩數成長，這與一八六○年，美國聯邦政府的政策有關，國會撥出三千萬英畝土地予十一個州興建鐵路，東北部的密度又冠全國，鐵路不只帶來的是生態自然的變更，也帶進了大量的人口，美國人口自一八二○年的一千萬，一八六○年，增加至三千萬。

　　美國社會環境的工商資本化，所產生嚴重的社會公平正義與貧富差距擴大的問題，以一八四五年——梭羅開始湖濱實驗生活的當年，就波士頓的財富分配統計數字顯示：當時 4%的市民佔據了全市 65%的所得。梭羅親身舉例：「當時麻州平均一棟房子價格在 800美元，而這是一名勞工必需工作 10 至 15 年的勞力所得。」（Walden：1783）從全國財富統計，一八六〇年，5%的家庭也掌握了全國 50%的財富，[9]梭羅進行湖濱生活實驗的很大一個動機，就是社會貧富差距擴大的現象，弱勢族群日益嚴重的問題。

　　梭羅所受浪漫主義吸引者，正是其烏托邦理想的精神面，才能勇敢高唱反調，去挑戰當時美國人信仰資本主義主流思想是當時最好與公平的人類生活方式。但仔細分析此一結合清教徒鼓勵以工作成就榮耀上帝，有錢不是罪惡的觀念，加上達爾文「優勝劣敗，適者生存」的社會應用及亞當史密斯「看不到的手」主張完全放任市場自由運作的經濟概念，融合而出之資本生活選擇，卻與梭羅希望完全放任者是個人精神自由是完全背道而馳。

　　烏托邦一詞淵源自英國人湯瑪士莫爾（Thomas More）一五一六年十月一日所出版之《烏托邦》（Utopia）一書而得名。《烏托邦》一書，共分兩個部分，第一部分在於批判當時英國君主統治下社會，描寫英國農民的遭遇，以農民的角度去批評當時政府所實施的「圈地運動」[10]，描述當時社會種種的悲慘生活、社會問題日益劇

9　Alan Brinkley, American History (Boston: McGraw-Hill, 1999), p.403.
10　圈地運動：始於十五世紀。發展的主要原因即因羊毛在當時英國可以賣到很高的價錢，因此大部分的封建領主都想把他們廣大的地產改為牧羊的牧場。圈地的措施是封閉公有的森林和領地的牧場，並從農民手中追還其租用可耕地的權利。這兩種措施都為農村人民造成了極大的困苦，也剝奪了那些租用權沒有保障的農民的權利。

增……等，是莫爾對當時歐洲長年深陷強權戰爭、農業破損，社會
失業貧窮的慘境而作：

> 無止盡的戰爭，毫無信守的同盟，金錢、時間的損耗於軍備，
> 忽略了對社會的改革，以致政府官員怠惰，傷兵因缺乏撫卹
> 而淪為盜匪，人口銳減，農村破敗，佃農流離；司法以執行
> 死刑為傲，盜竊頻仍，絞刑不足以嚇阻。

　　至於《烏托邦》的第二部分，則是莫爾於地理大發現的時代，
轉述他自己虛構出的人物——拉斐爾·希斯拉德（Raphael
Hythoday：一詞在希臘文中即表示「空談的見聞家」）的見聞。莫
爾將拉斐爾所描述之烏托邦島在《烏托邦》一書中完全呈現，想像
大西洋之上，有一建立在理性統治，居民是分置在特定社區，財產
共有化生活的島嶼，戰爭則由鄰近之邦的傭兵代勞，烏托邦島的政
治體系、島民的知識工藝和職業、人民之生活與交際、關於奴隸、
病人、婚姻、官員、宗教，以及人民對戰爭，都有超現實的看法。
烏托邦乙書不只在西方知識界，開啟一個未來美好世界的夢想藍
圖，集體社區與資源共有也成了日後烏托邦的兩大基本原則；同
時，歐洲人也開始幻想如此完美與人間桃花源在歐洲以外之地，發
現與成立的可行。

　　莫爾的《烏托邦》思想在十七、八世紀經由殖民擴張、傳教與
重商主義自然也傳入美國，有人以為《烏托邦》是最能予激進理想
主義分子以靈感一書，為十九世紀之激進與二十紀的社會主義最有
力宣傳的勁書，梭羅自亦難避其吸引力；十九世紀中，梭羅《湖濱
散記》的問世，極似莫爾的《烏托邦》。就地緣與地理的關係，作

為梭羅出生之地康考特鎮所思潮，且康考特鎮佈滿了丘陵、湖泊、河川、森林可稱的上是一處世外桃源，有著許多的動植物，得天獨厚且富饒的自然環境，更是理想烏拖邦幻想之地。

　　梭羅首見烏托邦想、說法的表達，自一八四三年，梭羅因挑戰艾芝樂（J.A. Etzler）之《天堂可期》（The Paradise Within the Reach of All the Men, Without Labor, by Powers of Nature and Machinery），提出的一個未來人類的烏托邦，是可以建立在物質與機械文明的「機器體制」（mechanical system）之上，而在日暑發表《天堂復得》（Paradise to Be Regained），「我承認，有時我寧可退化到套上頸軛的牛，享受犁田的樂趣。」[11]（Paradise to Be Regained：44, 45），從一些方法與主張上，梭羅不免深受莫爾的影響，梭羅與莫爾共同都是追求──「農業型態的烏托邦」，或所謂「生態的烏托邦（ecotopia）」，想像人與自然共生的理想農業生活型態，惟梭羅重視者是以個人的精神教化完成，而莫爾強調社會集體力量的合作。

　　莫爾出於宗教基礎之上，對一個未來完美世界的追尋，靈魂不滅的信仰是予人內心的動力，驅除人性之情慾和貪婪，在其《烏托邦》國度，主張「每人每天工作六小時，足可應付群體所需，其餘時間聽演講、音樂，他不重視金錢、物質人生目標在於健全、清明的心智與良心的無瑕是最大的快樂。」；梭羅在他兩年兩個月自我教化的「簡約生活」中作息，證明他可以「每年工作六週，以換得一整年簡約的生活所需，其餘的三百天他得到了閒暇和獨立，可以

---

[11] Thoreau, Henry David, "Paradise to Be Regained", The Higher Law: Thoreau on Civil Disobedience and Reform, edited Wendell Glick, N.J.: Princeton University Press, 2004.

自由地閱讀、思考、寫作與林中漫步」（Walden：1804），想必受到莫爾之啟示。

　　而梭羅後湖濱時期，主張公民反抗運動時之「非暴力」思想，追求一良知道德的「個人國」度，也與莫爾堅持反對亨利八世之政教合一，兼任教主，而遭處死，莫爾常與蘇格拉底相提並論者，乃莫爾堅持個人面對國家，必需有「個人良心之自由」，卻不主張叛亂之流血行動，製造無政府之混亂狀態，是一致的。

　　梭羅之生烏托邦思想，事實上，十九世紀，就當時環境上言，美國之烏托邦實驗社區，已頗具數量，不是新奇之事，至少自一八二五年的羅伯歐文（Robert Owen）在印地安那成立的「新和諧」（New Harmony）社區，居民是完全地位平等的工作與生活，這種「合作村」（Village of Cooperation）在全美各地一時蔚為風行。十九世紀，女權意識抬頭，也呈現在烏托邦社區的生活實驗，一八四八年成立於紐約的「歐奈達社區」（The Oneida Community），在社區內男女性別平等，所有男女居民是互為婚姻的「兼愛」關係，集體扶養幼兒，完全解放婦女在傳統婚姻、家庭中的角色與束縛。另一知名女性烏托邦社區是一八四〇年代盛行於東北部的「謝克教派」（Shakers），主要是女性居民為主，要求獨身生活，完全是以女性為權力主導。一八四三年，「阿瑪那團體」（The Amana Colonies）於成立於愛俄華，希望建立基督教義為生活指導的社區。

　　即使超越主義者亦不乏其人從事烏托邦之集體社區實驗：如喬治萊普立（George Riply），一八四一年，在麻薩諸塞州，所進行超越主義烏托邦式的集體社區布魯克農場（Brook Farm）實驗：社區農民通過共享的工作量，得有充裕的時間用於休閒和知識的

追求。霍桑亦在其中，但布魯克農場終因個人自由與集體紀律的
執重爭議而解體，這也是何以梭羅推行孤鳥式之個人自我改革之
簡約生活亦被稱之是一人布魯克農場（one-man Brook Farm）原
因。梭羅的超越主義好友如艾科特（B. Alcott）與查爾斯蘭恩
（Charles Lane）所建「果實地」（Fruitlands）亦是烏托邦式的社
區實驗。[12]

第二節　梭羅與愛默生

　　超越主義中最具代表性，也是該學說領導人當屬愛默生，愛默
生曾為新教牧師，一八三二年後專心於寫作演說，致力宣揚個人解
放，為美國十九世紀最重要及傑出的知識領袖之一，平時，居處在
文風薈萃的新英格蘭（New England）之康考特家中，愛倫坡（A.
Poe）、霍桑（N. Hawthorne）、惠特曼（W. Whitman）和梅爾維
爾（J. Melville）等，知識份子爭相出入，在「談笑有鴻儒，往來
無白丁」中，這幾個大師，包括梭羅自己，都是對傳統批判具有改
革精神的思想家，都被歸為「超越主義俱樂部」（Transcendentalist
Club）成員，愛默生於一八三四年出版的《自然》（Nature）可視
為超越主義的綱領。

　　超越主義：Transzendentalismus 一字源於德國哲學家康德（I.
Kant），但是康德原義指涉討論「先於經驗使經驗成為可能的知

---

[12] Alan Brinkley, American History (Boston: McGraw-Hill, 1999), p.404-05.

識」，因此一般中譯稱之為「先驗主義」。而愛默生採用此字則是著眼其「超越經驗」（trans）之意，希望透過自然去感受背後的偉大精神力量，其目的不是純為增進個人修養和尋求解脫，同時具有社會批判，意在重新建立一個更具人性（神性）的自由社會。有著神職經歷的艾默生，因表達對個人精神力量的樂觀、信任，提倡唯心主義，將濃厚的宗教性神秘思想運用到超越文學內容，然而此種感受與其透過宗教教義，還不如說透過個人如詩般直覺洞察力，以超感覺的直觀（instinct）來掌握真理。愛默生在超越文學的創作素材上，更將此一心靈直觀與北美這片千萬年來一樣自由的土地與山川的自然環境作有機的理論結合，在自然與人類的發展關係中，愛默生主張與「自然通靈」（communion with the natural world）。《自然》一文中，愛默生以「宇宙是靈魂與自然的合成。自然的每一時刻與季節都是喜悅的呈獻。」[13]（Nature：1075）；當個人清明的內在心性（inner light），置身於自然世界，赤足「林木田野，是上帝的莊園」，隨風雨脈動呼吸，最能明心見性，「所有的污穢、苦惱及邪惡的自我都消失，我有如透明的眼球，我是無物，卻看到一切。」（Nature：1075）

　　艾氏篤信「自然是人類五官的延伸。」，超越主義強調自然界不只是只有物質而已，它是有生命的上帝，精神也與它同在，尤其當個人與自然獨處合一之時，則可達到人類最大精神力量，也就是所謂「超靈」（oversoul）。自然界是超靈或上帝的象徵，超靈是一種無所不容、無所不在、揚善抑惡的力量，是萬物之本、萬物之所屬，它存在於人和自然界的感覺。

---

[13] Emerson, Ralph Waldo, "Nature", American Literature, 5th edition, Vol. I, Ed. Nina Bayum, New York: W.W. Norton & Company, 1995.

愛默生於《自然》強調自然所蘊藉的超越經驗的神秘力量,於
《自立》一文則鼓舞個人率性追求此一個人的精神能量:「個人之
堅強與永恆的力量來自內在靈魂的認識;求助外在世界的言論與制
度傳統的認同是脆弱的依賴,個人必須脫離自己內心以外世界的束
縛;一味的順從,就是自殺。」[14](Self-reliance:1130)

愛氏鼓勵個人「堅持自己,絕不苟同;個人內在心思所閃爍之光
輝更勝聖人天空的光耀,是世上唯一神聖之物。」,愛默生比喻「社
會如波浪,個人是水,卻不必隨波逐流。人要作的就是相信自己內心
所信仰者,而非人言。」(Self-reliance:1133)這些言論深深印在年
青梭羅的內心。

崇尚唯心、直觀的艾默生於《歷史》以展望之眼,相信偉大的
文學創作,不一定需基於過去的文化累積,偉大的作品來自個人心
靈的解放發揮,而非過往傳統的率由舊章。這對一個歷史短潛,卻
又急於獨立創作文學之路,找到最適時的理論出口,超越主義於焉
成形。一八四二年的演說中,愛默生為超越主義思想定義:

> 超越主義者主張心靈聯想,相信奇蹟、啟發與極度喜悅。我
> 們對先人所言,常不假思索的採信,怯於自我實現。超越主
> 義者是決不流於世俗,只作自己。[15]

相較愛默生,梭羅有更大的自信於美國的優越性與本土文學
發展的優勢,梭羅雖與愛默生皆信仰原始林間,有著讓人精神昇

---

[14] Emerson, Ralph Waldo, "Self-Reliance", American Literature, 5th edition, Vol.
I, Ed. Nina Bayum, New York: W.W. Norton & Company, 1995.

[15] Alan Brinkley, American History (Boston: McGraw-Hill, 1999), p.403.

華的神秘力量，然梭羅則是惟一還能付諸行動之實證者，和愛默生專注寫作與演說相比，梭羅有的則是回歸自然的實踐和行動，梭羅對愛默生《自然》一文，啟頭之句「孤離（solitary）社會」是毫不遲疑的劍及履及了，其所憑藉者正是「美國有著最天然、巨大與原始的山林自然，如植物、蔬果之於野獸，美洲則有如於舊大陸人心的新生之地。」（Walking：1962），梭羅對自然的瘋狂迷戀與自認尚未完全退化的原始野性，讓愛默生對梭羅在野外自然的靈敏力與極佳適應力的「異稟」感到印象深刻——梭羅不論是目測樹木的高度，河湖深淺，動物體重，極為精準；在森林間遊，有如野獸般自在從容，暢所欲行，認為「梭羅在麻塞諸塞人世文化的絆擾下，無法生為森林之獵狗、豹，才寄情於林野，多識草木與鳥獸魚蟲」。（Thoreau：1210）梭羅個性崇尚自然、熱愛生命，他獨立、嚮往自由的精神，和美國拓荒者探險找尋一個未知的個人理想境地是一樣的。

　　一八三六年，當愛默生以三十三歲之齡，成為美國本土文學領袖時，十九歲的梭羅仍在哈佛大學就學，梭羅因《自然》一文而仰慕愛默生，也是哈佛畢業的愛默生常應邀哈佛優秀學生社團（Phi Beta kappa）演講，兩人應至少在梭羅大學時代就已結識，梭羅一八三七年開始寫日記（journal）的重要習慣，即來自愛氏的建議，而這些記載也成為梭羅日後再加整理，發表作品之根本。一八四一至四四年，梭羅寄居愛默生家中的四年，當起愛默生兒子的家教，園丁，協助愛默生編輯超越主義期刊《日晷》（The Dial），也為該刊撰寫了詩歌、散文，一八四二年其兄約翰梭羅亡故，同年，愛默生亦受喪子之痛，兩人感情更形貼近。

　　喜愛提攜後進的愛默生，對梭羅早期文學事業的發展，提供了極重要的協助，才開啟梭羅的文學職業生涯，愛默生不只是提供梭羅四年居家的便利，自寫作、發表、著作出版、講學（lyceum）[16]、人脈引薦到加入《日晷》的編輯；甚至，包括最後提供湖畔的土地供其獨居，持平而論，愛默生不一定創造了梭羅，但對不擅社交與性格內向的梭羅，所給予的器重，卻是他極需的自信，可以說沒有愛默生，也沒有後來的梭羅。

　　愛默生是影響梭羅最巨者，不論在文學傳承、生活扶持到事業開發上，愛默生之於梭羅既是師也是保護者（mentor and protégé）關係，但梭羅一生有著「孤鳥」的個性，最終仍因個性與雙方文風背道而馳的發展而與愛默生分道揚鑣，梭羅終其在世都是孤軍奮鬥，言者諄諄，而群眾渺渺。

　　愛、梭兩者關係的轉淡是在一八四八年至一八四九年才呈現明顯。這由一八四六年七月，當梭羅因拒繳稅，而被拘留監獄，愛默生聞訊來訪，當下問候：「你怎麼會在這裡？」梭羅卻回以：「你怎麼不在這裡？」這段對話，不但對比出梭羅的前衛、激進與愛默生的傳統與保守，也似乎預告兩人未來的分歧。

　　一八四九年，梭羅抱怨因為接受愛默生建議自費印製《一週在梅里瓦克河與康考特的日子》，結果銷售悽慘，梭羅對負債收場，頗不能釋懷，另外，文壇當時諷刺梭羅是愛默生之「拙劣模仿者」，這對驕傲與敏感的梭羅絕對是痛苦的羞辱。[17]在該

---

[16] Alan Brinkley, American History, p.454. 這是 1826 年由耶魯大學畢業生 Josiah Holbrooks 自麻州發起的講學運動，1830 年在麻州大為風行，受邀的演講人常在民眾大廳中挑選社會關心的議題進行專題講演，不但普及教育，亦使民智大開。

[17] Robert Sattelmeyer, "Thoreau and Emerson", Henry David Thoreau, Joel

年五月日記中竟以「毒箭」（poisoned arrow）暗批愛默生，梭羅幾乎是以背叛的角度看待他與艾默生如師如友的友誼：「我有一位朋友，一次我寫了本書，我要求他的批評，但他只有讚美。最後，我得到了我要的批判。當他還是我朋友的時候，他只會奉承我，一旦，他變成我的敵人，他有如射向我的毒箭。」（Journal：Vol. 3, 26）

　　相對地，愛默生對梭羅不近人情，忽略社交的基本禮儀，是一貫不以為然的，尤自一八四八年，愛默生自英國旅居演講回國，出入鄉村俱樂部的社交生活；益加重視「社交與禮儀」。愛默生就以世俗之社交及人緣，批評梭羅愛唱「反調」的毛病：「對梭羅言，說「不」比說「是」，相較是既輕鬆又沒有損失的事。似乎他聽到任何提議的第一個直覺就是爭論。當然這個習性有點不合社交上善意好感（social affections）的建立；雖然他的同伴最後釋懷，諒解他沒有惡意或不實，這的確阻礙了溝通。就像一個朋友所說：我愛亨利，但我無法喜歡他。」

　　至於兩人文學堅持者，益漸行漸遠，一八四八年起，愛默生大加稱許「英國優越的物質」，文風轉趨現實保守，梭羅表示失望與不能苟同[18]。愛默生對這時正全心投入本土與心靈改革實驗的梭羅，則以為梭羅對形而上的個人和自然關係的努力是「天份的可悲浪費」；至於梭羅激進於突破社會上一切既定現象、制度，[19]愛默生也婉轉的以「我想是他嚴厲的理想，干擾剝奪了他享有一

Myerson, (Cambridge: Cambridge University Press, 1995), p.34.

[18] Smith Harmon, My friend, my friend: the story of Thoreau relationship with Emerson (Amherst: University of Massachusetts Press, 1999), p.153.

[19] Robert Sattelmeyer, "Thoreau and Emerson", Henry David Thoreau, Joel Myerson, (Cambridge: Cambridge University Press, 1995), p.35.

個充分健全的人類社會。」（Thoreau：1213），這種「出於藍，深於藍」的規律，反而使梭羅成了超越文學思想基本教義者，繼續踽踽獨行。

第三節　梭羅的務實人格

　　十九世紀，與浪漫主義同台輝映的另一場思想運動，就是起源於法國的現實主義，現實主義注重事實或現實；客觀而不憑感情地去處理思想和行動，反對一切不切實際或空想的性格。固然，浪漫主義視「人」為一個能思考又有感覺的生命物，人的每個思想、念頭都帶有幾分情緒與感觸，但浪漫主義其實並不排除智力與理性思考，而只是在說，光有理性還不夠，必須要心（heart）、智（mind）互用。

　　十九世紀的梭羅，受此二思潮潛移默化，我們可由他的文學作品看出端倪。像是《湖濱散記》一書，大多數人都將其歸屬於浪漫主義，但其實《湖濱散記》結合了浪漫與寫實兩大思潮，在文學藝術，現實主義又譯寫實主義，指對自然或當代生活做準確、詳盡和不加修飾的描述，摒棄理想化的想像，而主張細密觀察事物的外表，這種寫實的意識，可見梭羅於作書開宗明義之時云：

　　「如果每位作家，被要求以他最簡單、誠懇的敘述，而非來自人云亦云生活經驗，寫出一部有關自己生命的作品；那我這本書就是為窮人而作。」（Walden 1768）

梭羅一生最受批判、誤解者莫過對他性格、理論之不切實際與高調，如約翰布洛斯（John Burroughs）在一八八二年七月份的〈世紀〉（The Century, July 1882）批評梭羅：

> 梭羅生處湖濱的日子有如天上，他拍打雙翼，刻劃清晰、多彩、歡喜與勝利的記載，目的只是要喚醒鄰居。這本書當然是文學中，最甜美自誇的一片（the most delicious piece of brag）。光〈荳田〉這章，簡直是天堂的農事。

從此，梭羅一直被冠上隱士、孤立與反文明的形象，其實，梭羅在書中，都有正面的回應其務實之性格，如一開始就寫道：「我獨居湖濱之經驗是要務實而非理論地解決現今的生活問題」（Walden：1774），梭羅坦言湖濱散記一書，是在幫助美國社會越文明，人卻越窮的「文明的貧窮人（civilized poor）」如何取得最滿足的生存之道。也自承「我愛社會一如大多數人一樣，我有如吸血者專注著充滿血液前來造訪之人。我當然不是隱士，如果讓我去酒吧，應該沒有人可以待的比我久。」（Walden：1841）。梭羅也非完全反文明舒適之便利，只要不役於物用即可。「既然生在十九世紀，為什麼不好好善用十九世紀文明提供的優勢？」（Walden：1826）

梭羅無疑絕對是一位理想主義者，思想是完全不受世俗與舊法所拘泥，不論是找尋個人最真實本性的湖畔實驗或建立以個人道德、良知為一國之最高政治法則；但梭羅一生亦非絕對堅持「遙不可及」的追求，他只是執著「改變才有奇蹟」（Walden：1773）的信念，他對社會所採取的態度，不是完全隔絕其外，老死不相

往來的避世，而是採取一種觀看的視野，透過和社會疏離來體驗一種更為原始的自由。

柯勒奇（Joseph Wood Krutch）在《發現的天堂》中（Paradise Found），認為整個梭羅的湖濱自然的實驗生活，其實只是一個「姿態（gesture）」[20]的象徵性宣示；美國當時工業文明程度，住在城市的隔絕度，當不亞於避入鄉間，雖然理論上，梭羅有計畫的去建構一個封鎖的個人環境，希望隔離所有代表虛偽、表象與仇恨之新聞與資訊，只有這樣才能觸及真理的底層。但真正的情形是在二年二個月的日子中，梭羅並沒大隱於世，不但是「結廬在人境，常聞車馬喧」，居所與城市中心相距不遠，只距一英里半，亦稱不上是一個探險（adventure）；木屋相近鐵路，火車來往不絕，梭羅就常沿著鐵軌漫步到城中拜訪朋友或採買必需品，聽聽鎮民的閒聊，有時甚至逗留至深夜，再從夜色漆黑中穿林返屋，而這段湖濱的日子，屋中亦是座上客常滿，常有二、三十人來訪，或是某些時日迎接不期而至的賓客來臨，竟是他一生社交最頻繁的時候。「我房內只有三張椅子：一張是獨處用，第二張是為朋友，最後則是社交用。（Walden：1841）」，由此可見梭羅的湖濱獨處日子中，還是有交遊生活的，梭羅也會加入湖邊釣客寒暄，除熟識者外，梭羅與陌生者，如採果莓的孩子、學生、釣客、獵人、農夫、趕集的商人或旅遊者都時有接觸與對話，他與社會仍保持密切聯繫，他拒繳人頭稅入獄，就是在前往鎮上取回修補的鞋子時，被拘補，甚至不斷公開演講、遊歷以接觸群眾。畢竟，人類是群居的動物，梭羅自不例外此一天性。

---

[20] Joseph Wood Krutch, "Paradise Found", in Walden and Civil Disobedience: Authoritative Texts Background Reviews and Essays in Criticism, Edited by Owen Thomas (New York: W.W. Norton & Company: New York, 1996), p.332.

　　梭羅態度也絕非食古不化，完全之反文明，兩者是可兼容，梭羅坦言他所珍視者乃自由，如能善用美食與華屋而不礙自由，人類的發明與工業之便利當然比較好，自可運用（Walden：1805），對文明與工業提供之優勢自當接受，他舉例固然印地安帳篷或獸皮有多好，但畢竟磚瓦、木板，便宜易得，「只要我們多用一點智慧，善用文明的物資材料，我們可以比富人更富裕，使文明成為真正之福祉。」（Walden：1788），益見梭羅務實之性格，所以僅管梭羅認為六呎長，三呎寬，一美元就可購得之箱子，就足可為身軀之居，他仍花了二十八美元，為自己自建了一棟依山面湖的木屋。然最能看出梭羅凡人性格者是梭羅書中無意識透露出他選擇重返自然的生活實驗，並非完全出自「高尚」的動機，不過是埋怨儘管他如何認真與無私的自願擔任風雪的警戒員、測量員、巡守員，但鎮上的人還是不願將他編制公所人員，付他薪水，才逼使他產生另求生活方式的念頭。

　　這種務實的性格亦展現在梭羅行銷他簡樸生活論調的彈性，他自認簡約生活無異是一種「自願的貧窮（voluntary poverty）」。（Walden：1774）從前期曲高和寡、恨鐵不成鋼之疾言厲色，到後來，梭羅轉而採取生動、易解之投資報酬律的說理轉變，他仿經濟學家亞當史密斯（Adam Smith）理論：經濟成長依賴放任個人進行「自利（self-interest）」的自由；梭羅則是以人民如果能有運用時間的自由，這個自由可以給他的報酬是個人心理與精神的成長，因為「一個永遠不失利的投資就是自己。」。這在〈巴克農莊〉中與佃農約翰費爾特（John Field）直銷他理想的生動對話中可見，他勸費爾特在人生衡量報酬的追求，加大個人自由與自我部分比重而非工作與金錢，也就是如果你投注維生的必需品成本越低，你可以

換取到的生活報酬，就是越多的精神自由及自我。梭羅舉例：好比如果你選擇作老師，則必須在世俗文明的要求下，投入更多的衣食費等，再加上自由的損失，反而是得不償失，梭羅已頗具現代「生活精算大師」之「樂活」鼻祖風貌。

當梭羅轉移個人自由的夢想到政治社會的改革道路，不論是湖濱鄰居費爾特對傳統的因循認命或是麻州州民對奴制的麻木不仁，梭羅顯現的氣憤與不解，實難掩蓋他身在林中，卻有著一股急迫入世的使命感，可見梭羅並非是一昧與世隔絕，裝聾作啞的沉默隱士，懷有隨時回歸社會，不願隔絕於世的念頭。

梭羅成本報酬的口吻，同樣運用到他一八四八年發表《公民不服從論》時，鼓舞麻州人民反抗支持奴制的麻州政府「因為政府具有報復的能力，但對生活簡單，一窮二白的我而言，我卻負擔的起，因為我不守法的成本永遠低於守法。」（Civil Disobedience：1761），待發表《麻州的奴隸》，開始暴力行為合理化路線，是因為「我已經快要失去這個國家了！」感悟到「過去追求之生活（湖濱）已大為不值。」。（Slavery in Massachusetts：1952）

一八六二年，返回現實社會之梭羅發表《散步》，提出「邊界生活」的調整（Walking：1973），文中自承他出自對美國的忠誠與愛護，必須過著一個穿梭於自然與現社會之間的日子，參與社會，梭羅認為知之而不行，比不知而不行，更是改革之障礙。梭羅打了一個比喻，九十九個支持道德之人，還不如一個真正行動者，個人行動不需等到形成多數，只要上帝站在這一邊就夠了。（Civil Disobedience：1756）

這種「務實」的調整，也完全反映到他對政治日趨實際的態度，他自始反對去政府的無政府主義，而是改革政府為最能保障個人自

由者，而有折衷之「權宜統治」論。而最顯露梭羅益趨務實的人格者，就是他理想國之構想由《湖濱散記》時的「大同世界」至「鄰里之治」，最後，復古回到十三州時代「鄉鎮自治」，可見梭羅也重視理想之後的具體可行性，並非陽春白雪，完全不顧現實環境之要求者。

美國人理想卻也知道變通，自大但能反省，保守卻喜於創意，崇尚個人作風卻又有極濃厚之愛國主義；美國民族性組成乃兼顧理性和感性的人格內涵及混合理想與實用的行為特質，綜合而言，就是所謂的中道路線，梭羅堪為代表之最；無怪愛默生盛讚「梭羅是最真實道地之美國人。」（Thoreau：1203）。

第三章　梭羅與孔子

梭羅思想的形成很大程度上與中國思想哲學有着密切的關係。因此，基於篇幅與特殊，本章是延續第二章，繼續作梭羅思想成份的探討與分析。

梭羅一直是國人最感親切與熟悉之外國作家，主要是他廣為人知的代表作《湖濱散記》充滿了濃厚的中國風，有著「採菊東籬下」的天人悠然與「帝力於我何有哉！」的無為境界；直覺上，梭羅理念與道家思想有着極近相似，矛盾是，文句考證上，《湖濱散記》卻不見梭羅引用中國道家任何章句，倒是不斷借重孔子之四書章句，彰顯兩者共同之「安貧」與「道德」的思想，且孔、梭除文學外，生活亦重休閒，鼓勵身心平衡，有著「經世致用」性格；後半生，更有盡皆熱衷政治理想「兼善天下」的相同人生際遇；此一意識與行為的相似，足見孔子方是梭羅在思想發展上，心儀之「於我心有戚戚者。」

孔子一生心志為識者乃「志於道，據於德，依於仁，游於藝。」，因此，本文將就梭羅作品中，所具體引用孔子《四書》之話語，從文學、生活、政治與休閒方面，印證梭羅在效法孔子「道，德，仁，藝」這四大思想德行的共通性：

一、道：文學上，比較梭羅「簡約生活」與孔子「安貧樂道」思想之相仿。

二、德：生活上，梭羅「自我教化」與孔子「君子求諸己」主張，
　　都是建立在個人的清明本性，可藉由自己「明德至善」的努力，
　　還原人本。

三、仁：政治上，梭羅的理想國境界，幾乎是與孔子「大同世界」
　　中「盜賊不生，夜不閉戶，天下為公」一樣的境界。

四、藝：兩人都重視休閒的重要。梭羅與孔子都是音樂之愛好者，
　　而梭羅運用聲——尤其是心靈的無聲之樂，用以追求「靈魂與
　　人格」之完整，與孔子標榜人之完善過程，乃「興於詩，成於
　　樂」亦同。

第一節　梭羅與儒家思想之接觸、傾向

一、儒、道思想的接觸

　　梭羅思想的形成很大程度上與中國傳統文化有着密切的關
係，尤其在他代表之作《湖濱散記》中，大量以孔子言論作他思想
之啟發與說理來源，更是國外文學作家上之少見。惟書中，梭羅崇
尚與自然神交、個人主義、簡約生活、反社會及輕政府的傾向特質，
主觀或外表上，一直易為人附會到中國道家天人合一、老死不相往
來及小國寡民的無為政治主張之上，而造成梭羅與道家思想的相仿
連結；但客觀事實上，梭羅對中國儒、道思想應是都有涉獵，惟梭

羅在他動態思想歷程中與他性格因素,最終是趨向儒家務實與致用的思想而凌駕道家的。

　　生處在十九世紀上旬,東方思想在西方還甚稀罕的時代,依據美國學者 Arthur Christy 考證,在《湖濱散記》中,梭羅所引用《四書》的內容係出自法國漢學家 Jean-Pierre Guillaume Pauthier 的法文版譯本;據信作為梭羅接觸中國思想媒介之法國漢學家 G. Pauthier 的漢學翻譯作品早自一八三七年即出版《大學》(Le Ta Hio);一八三八年,繼以《道德經》,而 G. Pauthier 在一八四一年所著的《中國古典作品》中,除了把儒家典籍譯成法文,在註腳中對儒、道兩家思想作了比較,梭羅藉此了解道家思想,也部份解釋了為何梭羅作品中都產生儒、道兩家思想的影子。之後,梭羅也涉獵流傳發行在新英格蘭,由 David Collie 所譯的《四書》(The Four Books),及 Joshua Marshuman 的《孔子作品集》(The works of Confucius)[1]。

　　另以作品考證上看,梭羅思想譬喻引用來自廣泛,書中常見者有荷馬《伊里亞德》之希臘神話、印度吠陀經(Vedas)、德國、波斯、阿拉伯寓言,惟中國引用者,則以孔子之四書為宗,至今尚不見有梭羅具體引用或論述道家的章句。以筆者見,有關自然形而上的意境,梭羅倒是更大得道於他親身觀察印地安人與自然共生方式的羨慕與啟發,梭羅故鄉康考特本身就是印地安的古城鎮,遺跡遍佈,愛默生也注意到「梭羅樂與來訪康考特的印地安人結交,深入其文化的探索。」(Thoreau:1211)在《一週在梅里瓦克河與康考特的日子》、《緬因森林》與《湖濱散記》中,梭

---

[1]　Linda Brown Holt, "Chinese Philosophy in America: How It Influenced H.D. Thoreau", Qi Journal, Winter, 2008.

羅一再親身感動印地安人生活是全盤與自然溝通（intercourse）與
結合的作息，認為是人心本性回歸最單純原始的生活典範。尤其
印地安人簡單的物慾及對自然的尊重與共生、共榮的精神生活，
梭羅以印地安人是與「自然」最貼近的野人，而稱讚「真正文明
之人不過就是具備經驗及智慧的野人（experienced and wiser
savage）」（Walden：1788），印地安人事實已在過著梭羅所崇尚簡
單、精神的簡約生活。在寫與友人 H.G.O. Blake 信中，梭羅讚嘆：

　　「我在作了印地安生活地區的短暫遊歷後。我發現了印地安人更
具神性（divine），並有一切讓我感到興奮與愛慕的人類新自然力。」[2]

　　在《改革與改革者》一文，梭羅寫道：「如果我們確實要以印
地安人、植物或自然的手段改革人類，首先讓我們努力讓自己生活
得既簡單又自然。」[3]

　　即以形而上言，姑不論印地安人的影響，愛默生的「超越主義」
與梭羅「簡約生活」要求人當疏離文明，獨處自然，找回天地賦予
之「神性」，個人依此本性率性而行，則可取得個人永恆精神生活
之道。我們發現「超越主義」，不論是目的與手段上，也更近儒家
《中庸》第一章「中和之道」的翻版：

　　　子曰：天命之謂性，率性之謂道，不可須臾離也，莫見乎隱，
　　　莫見乎微，是故君子慎獨。中也者天下之大本也；和也者天
　　　下之大道也。致中和，天地位焉，萬物育焉。

---

[2]　August 28,1857, in Joseph J. Moldenhauer, "Thoreau to Blake: Four Letters
　　Re-Edited," Texas Studies in Literature and Language, 1996, p. 49-50.
[3]　Thoreau, Henry David, "Reform and The Reformers", in The Writings of Henry
　　D. Thoreau-The Higher Law, edited Wendell Glick (N.J.: Princeton University
　　Press), p.191.

孔子謂：上天（自然）賦予人的氣稟謂本性（神性），順此本性去作則是道，片刻不可離開，因此沒有比隱暗處更明顯，比細微事更顯現的，故君子當慎獨處（疏離）。中，是天下萬物之自然本性，和，是天地萬物共行的道路；達中和，天地可安居正位，萬物順時滋長。梭羅簡約生活下，人與自然和諧，追求個人永恆與永續的生活旨意，有如美國版的儒家中和之道。

二、梭羅儒家思想的傾向

然宏觀梭羅的思想全圖，梭羅最終之與儒家思想近者而非道家者，最主要因，梭羅畢竟是抱著入世情懷的本質看待人生，而湖濱的簡約生活目的，根本上還是梭羅改革人心的實驗，是梭羅一邊順應自然萬物，一邊遵循自我內心的真實感受，絕非是無所作為之無為或消極避世，反而是一種對人生、對生活，抱持關懷的積極態度。

梭羅在書中開宗明義就寫道：「湖濱之實驗是要務實，而非理論地，解決現今的生活問題。」（Walden：1774）。梭羅並非全然反文明之便利，梭羅坦言他所珍視者乃自由，如能善用美食與華屋而不礙自由，人類的發明與工業之便利當然比較好，自然也可追求（Walden：1805）。至於對文明與工業提供之生活便利自當接受，「既然生在十九世紀，為什麼不好好善用十九世紀文明提供的優勢？」（Walden：1826），他舉例固然印地安帳篷或獸皮有多好，但畢竟磚瓦、木板，便宜易得，「只要我們多用一點智慧，善用文明的物資材料，我們可以比富人更富裕，使文明成為

真正之福祉。」(Walden：1788)，梭羅務實理性與孔子之經世致
用反更形接近。

梭羅也自承「我愛社會一如大多數人一樣，我有如吸血者，專
注著充滿血液前來造訪之人。我當然不是隱士」。(Walden：1841)，
可見梭羅無意作道家「老死不相往來」的出世逃避，卻似孔子「獨
善其身」之意味。在〈村莊〉篇，梭羅簡述他一日的作息中，最見
他並非要完全與世隔絕之慾望：

> 我一定在早上結束前作完我的農事或寫作閱讀，然後，跳入
> 湖中，洗淨一身塵土、疲勞，中午是我絕對自由的時光，每
> 一、兩日，我一定走入村莊聽聽流傳於村民或報紙的八卦
> (gossip)。(Walden：1856)

這段湖濱的獨居日子，梭羅屋中是座上客常滿，「我房內只有
三張椅子：一張是獨處用，第二張是為朋友，最後則是社交用」
(Walden：1841)，常有二、三十人來訪，竟是梭羅一生社交最頻
繁的時候。(Walden：1843)。

另就梭羅與孔子背景與境遇言，也有極大之近似：兩人都是
精英型的知識份子，孔子精通六藝，梭羅則是哈佛大學畢業，專
攻文學、拉丁文、法文、德文，孔子自認「吾少也賤，故多能鄙
事。」這也正是梭羅大半生的際遇，當過木匠、測量員、鉛筆製
造、家管、園丁等。

最明顯是，兩人個性都有愛與當代主流唱「反調」的骨氣，顯
得獨樹一幟。孔子生於春秋，此時，周天子名存實亡，各路諸侯渴
望者乃富國強兵之術；身處霸權治術時代，孔夫子卻大談仁義道

德，宣揚「大道之行，天下為公；人不獨親其親，不獨子其子」之理想大同世界；梭羅則是生活於十九世紀中，美國資本主義工商大興，一片大好，舉國上下汲汲向「錢」看的時候，梭羅卻主張人應放棄工作，回歸自然，建立個人道德精神的烏托邦，除了「食物、遮蔽、衣褲與薪柴」外（Walden：1773），餘皆長物的「簡約生活」（Life of Simplicity）。然而理想與現實的劇烈衝突，結果，兩者都有懷才不遇的孤憤，他們意識到自己的抱負在當下條件是實現不了，為了保全自己的獨立人格與自由良知，也都選擇了「邦有道則現，無道則隱」的灑脫，實施某種程度的自我放逐，孔子以周遊列國，梭羅則選擇了華爾騰湖濱的獨居生活，頗有孔子「用之則進，捨之則藏」之意味。

第二節　梭羅與孔子之道，德，仁，藝

引領梭羅對東方思想研究興趣者，是美國超越主義領袖愛默生，一九四一年起梭羅寄宿愛氏家中期間，就在愛默生書架上，廣見東方中國思想藏書，愛默生也鼓勵同好者在東方文化中得到啟發靈感[4]。愛默生在其主編的《日晷》（The Dial）雜誌中還特別開闢專欄介紹東方思想，其中孔子思想部分負責人就是梭羅，梭羅把孔子的哲理名言，共摘譯了四十餘句登在該刊物上。隨著時日的推移，梭羅對孔子的景仰之情，不只顯示在他對「四書」的

---

[4]　錢滿素，愛默生與中國（北京：三聯書店，一九九六），頁二。

熟讀,更表現在梭羅就地引用與附和孔子儒家說法,來表達他的
思想與主張。統計梭羅在代表作《湖濱散記》與《公民不服從論》
中,十一次引用孔子《論語》、《孟子》、《中庸》的話語。基本上,
這些儒家而非道家的思想,反是顯現梭羅中國風的政治與精神生
活想法上者。

依筆者見,梭羅所受孔子文學及政治上理想的影響與啟發者,
可以論語《述而》篇:「子志於道,據於德,依於仁,游於藝。」
為識,茲列舉梭羅作品中,所有借取孔子言行之說,彰顯梭羅取法
孔子在「道,德,仁,藝」生活的共通性。

一、道

超越主義的核心主張即是人能夠超越感覺和理性,而直接
認識真理。是故,梭羅首先認同孔子思想者就是「追求真理」,
在《湖濱散記》書中,梭羅第一句引用孔子言行者,即論語《為
政》篇:

> 「知之為知之,不知為不知,是知也。」(Walden:1773)

在一八四五年七月十六日,湖濱生活進行一週後的日記上,
梭羅感嘆東西兩大哲學家——孔子與荷馬之言語,是「萬世不移
的真理,是人類最近生命藝術完美之作。」梭羅尤其讚美孔子之
真理有如「最古老時代沙灘上,永不磨滅的足跡。」(Journal:
Vol. 2, 164)。

　　對深具個人主義反抗性色彩的梭羅言，精神生活之領悟，就在取得生命之真理為旨，惟真理才能突破體制對自由心靈的束縛，找回愛默生謂之個人的「神性」（divinity），梭羅對真理之執著亦云：「給我真理，其餘愛情、名、利免談。」（Walden：1941）愛默生盛讚梭羅是「真理之行動者與代言人（speaker and actor of truth）」（Thoreau：1205）。

　　在一八五二年八月二十四日記中，梭羅卻也同時感慨：

　　　　這個世界對冰淇淋需求，遠勝過真理需求。

　　由真理而道，儒家以「大學之道在明明德，在親民，在止於至善。」認為偉大的學習之道，就在不斷的彰顯天賦的靈明德性，將此本性達到至善的想法；梭羅則以「結果的花」（bloom on fruit），比喻這「人性最高的本質」，除非以「最細緻的手來求取，終日汲汲於文明世俗，有如機器者，是摘取不到的」（Walden：1770）。這「明德至善」正是梭羅受孔子啟示的「求其心」之道，而最能一語中的，道出「明德至善」之心法竅門，可見梭羅引用《論語憲問》篇中，蘧伯玉的使者與孔子的一段對話，當孔子寒暄問候：「夫子何為？」蘧使免除多餘繁文縟節，不落俗套，直接回以：蘧大夫每日所想只管求真求善，一心向上，減少過失，而不能也。原文如下。

　　　　蘧伯玉使人於孔子，孔子與之坐而問焉。曰：「夫子何為？」
　　　　對曰：「夫子欲寡其過，而未能也。」使者出。子曰：「使乎！
　　　　使乎！」（Walden：1818）

梭羅讚賞者正是一般人追求真理之道時，必須有的這一股擺脫外在
束縛，一心求道的專注與勇氣。

　　既以道為志，梭羅在鼓舞個人找尋生命的最高本質方法上，梭
羅則完全取法孔子「安貧」的思想主張。梭羅在一八五六年寫給朋
友的一封信中，就對孔子「飯疏食，飲水，曲肱而枕之，不義富且
貴，於我如浮雲」《述而篇》，有著極大的心領神會。[5]梭羅想必亦
閱讀到散見論語各篇之「士志於道，恥惡衣惡食者，不足以議也。」
《里仁篇》、「君子謀道不謀食，憂道不憂貧。」《衛靈公篇》或以
奢侈為戒之「飽食終日，無所用心」《陽貨篇》，兩者旨趣一致的章
句。孔子「安貧樂道」的生活方式，梭羅幾乎以「簡約生活」論調
全盤加以接收了。

　　梭羅隱居康考特由愛默生所擁有土地的華爾騰湖畔林間
中，把物質降到最低維持生活之水平，梭羅稱之「自願的貧窮」
（Walden：1774），除了「食物、遮蔽、衣褲與薪柴」外，餘皆
長物，僅花了二十九元購買木料，與朋友親手搭建了一間小木
屋，兩年兩個月的耕讀日子，梭羅依靠以為是平民最好的工作─
─「短工（day labor）」（Walden：1805）與耕作收成，追求簡約
的田園生活。梭羅也是一位素食者，不飲茶與咖啡，他以肉食之
不潔而「肉食者鄙」，索性後來連華爾騰湖的釣魚也不吃，只吃
小麵包與馬鈴薯，飲湖水，因「水是智者的飲料」，每年維生的
花費僅八塊美金，過著一簞食，一瓢飲，人不堪其憂「顏回之樂」
的日子，藉以證明他可以每年工作六週，以換得一整年簡約的生
活所需，其餘的三百天他得到了閒暇和獨立，可以自由地閱讀、

5　常耀信，美國文學史（上），天津：南開大學，1998 年，頁 262。

思考、寫作及林中漫步與自然交流，藉此明心見性，過著真實自我的生活，有著一顆安然恬淡的心，「君子固窮，小人窮思濫矣！」他是這個世界最貧窮的人，也是這世界上最富有、最快樂、最自信的人。

孔子亦是「自然」之信徒。梭羅在《散步》文中，指出最偉大哲學家如孔子與荷馬，都是在自然中孕育而出（Walking：1967），孔夫子於《陽貨篇》視自然是一有生命的精神體，萬物生息皆隨四時默默運行，人必遵守其道的「天時」觀：

> 子曰：「予欲無言！」
> 子貢曰：「子如不言，則小子何述焉？」
> 子曰：「天何言哉？四時行焉，百物生焉，天何言哉？」

梭羅以自然為主的作品如《湖濱散記》、《散步》等，是梭羅觀察自然界的運行，感受到天地萬物有四時生死枯榮的循環成長，人於其中也有生命循環的教化，與萬物一貫相連，絕不是各自分立或靜態的個體存在，梭羅承認此一自然界中，生命永續、循環不滅的領悟，確是受到中國儒家天地（鬼神）之道的啟發，也引用了《中庸》第十六章，感佩此「一無形與無所不在之萬物靈體，使天下人尊嚴與敬畏地隨其左右。」

> 子曰：「鬼神之為德，其盛矣乎！視之而弗見，聽之而弗聞，體物而不可遺。使天下之人，齊明盛服，以承祭祀，洋洋乎如在其上，如在其左右。」（Walden：1839）

有學者愛將梭羅與自然的交流關係類比是道家成仙得道的修鍊方式,梭羅然而引用論語《子罕》篇之章句,表達此一得道之永恆:

> 三軍可奪帥也,鄙夫不可奪志也。(Walden:1940)。

為表達此「志」,梭羅文中是譯以思想──thought,而非愛默生超越主義中的「神格(divine)」、「超靈(oversoul)」字眼,梭羅以個人一切外物皆可被取,惟此思想無人可奪,以人為本,更近現實。

二、德

梭羅與孔子另一完全相同之處就是兩人是完全的道德主義者,梭羅不論在「性善」與找回此一善性之理念與方法上可是全盤的「儒」化。

孔、梭興社會改革之念的動力,皆感慨社會人心道德之迷失,孔子在《述而篇》表達有:「德之不修,學之不講,聞義不能徙,徒善不能改,是吾憂也。」與「吾未見好德,如好色者也。」;梭羅亦坦率說道:

> 我們的生活必須是全然的道德,善與惡之間是沒有停戰。善良是個人惟一永不失敗的投資。(Walden:1882)

在華爾騰湖兩年又兩個月的生活當中，基本上，就是梭羅找回個人生命本善之心靈革命；梭羅常感慨美國人民因身陷資本社會物質奢侈之誘惑，才失去良知本性，這與儒家所主人性本善，而所以人不知操持而失其良知，是因受外界影響，而誤以人性本惡也，看法一致。梭羅藉以引用孟子《告子》篇：

> 雖存乎人者，豈無仁義之心哉？旦旦而伐之，可以為美乎？其日夜之所息，平旦之氣，則其旦晝之所為，有梏亡之矣。梏之反覆，則其夜氣不足以存；夜氣不足以存，則其違禽獸不遠矣。人見其禽獸也，而以為未嘗有才焉者，是豈人之情也哉？
> （Walden：1933）

梭羅思想根源之浪漫主義，基本上，篤信人本，相信個人率以本性，則可發現生命本質的至真至善，這與儒家主張人性本善的道理是一體兩面。然儒家雖主性善，然人、獸間卻只有一線之隔，故仍必需時時牴礪，去惡向善，堅守天性中之仁義道德。梭羅在湖濱散記之《最高法則》一章中，可言是仿照《孟子》，認同人性中有兩種本能的對立：一是善良的天性，另一則是仍存的獸性，此一「幾希」之別，使人之不同於禽獸者就是純潔。推而廣之，「一切物質上的歡樂、舒適和享受都是獸性下慾念的一部分，人必需時時去惡存善，打開純潔的通道，不然只有如希臘神話中縱於酒色半神半獸的酒神 Dionysus」（Walden：1883）。梭羅引用孟子《離婁下》篇：

> 人之異於禽獸者幾希，庶民去之，君子存之。（Walden：1883）

在道德追求上，儒家思想強調「自我」的修善，孔子的「君子」是一個道德高尚、能夠實現自我的人，孔子曰：「君子求諸己，小人求諸人」《衛靈公篇》，即一思想獨立、自律的君子可以依靠自己的靈感和力量展現個人最高之良知與道德。這與梭羅服膺超越主義中之「自我教化（self-educated）」，認為人的高貴性質，可由個人單獨，自發性的內省取得，有如儒家之「求諸己」，梭羅一八四○年發表的《服務》（The Service）一文中，他所塑造的「勇者」（brave man），基本上，有如儒家之「君子」──他「內在的神性有如聖殿之火，提供了他外在行為的指導」[6]，所具備性格就是個人獨立、重視道德與從自我律己中尋求個人最高精神生活。

梭羅引以為用「自我教化」心法者，正是儒家君子在道德上的追求順序，首重修身，修身則在正心，正心則在每天的自新。而引大學《新民》篇：

> 「湯之盤銘曰：苟日新，日日新，又日新。」（Walden：1815）

及《正心修身》篇：

> 「心不在焉：視而不見，聽而不聞，食而不知其味，此謂修身在正其心」（Walden：1882）

6　Thoreau, Henry David, "The Service", in The Writings of Henry D. Thoreau-The Higher Law, edited Wendell Glick (N.J.: Princeton University Press), p.11.

最後，孔夫子「慎獨」的概念也啟發梭羅以疏離文明與社會，回歸自然找回原始人性的手段，在他〈獨處〉篇，認為當人找回道德良知本性時，萬物將與之親近，永不孤獨，梭羅引用《公冶長》篇：

德不孤，必有鄰。（Walden：1839）

三、仁

在政治上，孔、梭都是講求兼善天下的大我思想。儒家遵從「修身、齊家、治國、平天下」，所謂「學而優則仕」，《論語》除教習作人，相當部分就是宣導以仁治國之道，所謂「半部論語可以治天下」；《孟子》更是具體發揚光大。梭羅本身就是一位堅定的愛國主義者，最終棄「小人學圃」之務，離開森林，走回社會，從事政治批判，即來自他對美國政府支持奴隸制度越來越深的疑懼，擔憂「美國國勢之不保」（Civil Disobedience：1767），覺醒在個人自由沒有充分保障下，獨善其身的「自我教化」根本是空談，「因為我已經快要失去這個國家了！」（Slavery in Massachusetts：1952），梭羅與孔夫子的本質，歸根都是入世改革的民族大我思想。

仁乃愛眾人之心，所謂「仁民愛物」也。梭羅自凡塵俗世中回歸自然，一般以為，梭羅希望者乃人與人間之富而好禮，但隱藏於梭羅的底層心念者卻是美國社會貧富差距下，弱勢族群日益嚴重的問題；「有些人的奢侈品是必需靠另外一些人的貧窮去平均維持。

這群沉默的貧困者（silent poor），他們越努力遵循現行努力工作賺錢的生活定律，結果卻過著比以前更刻苦的生活。」（Walden：1877-85）梭羅坦言湖濱散記一書：「就是為窮人而作。」（Walden：1768），目的是幫助美國社會越文明，有人卻越窮的「貧窮文明人（poor civilized men），如何取得最滿足的生存之道」。梭羅藉此引用孔子《泰伯篇》：

> 邦有道，貧且賤焉，恥也。邦無道，富且貴焉，恥也。（Civil Disobedience：1761）

直接透露他對社會公平正義與底層民眾生存的關心，可見梭羅是帶有仁或社會主義思想的改革者。

　　一八四八年，梭羅結束湖濱獨居生活的隔年，投身社會政治運動，發表《公民不服從論》，是梭羅最完整之政治理論與理想之作。在政治主張上，梭羅之「輕政府」、「社會疏離」、「個人良知」的主張似與儒家「忠君」思想完全背道而馳，反更接近中國道家「無為」之治，但仔細一一剖析，梭、孔在最後仍有殊途同歸的相同政治理想。

　　首先，孔子忠君者乃忠於「明君」，與梭羅在政治判斷上，所呼籲之「智慧的少數（wise minority）」（Civil Disobedience：1758），都是主「賢明」領導。梭羅否定多數決統治的定律，認為民主制度下，常以庸俗多數決，扭曲真理與道德——「投票不過是一遊戲，帶有賭博，毫無道德成份，有智慧與良知之個人，是不會讓正義公平依賴在機會及多數意志的施捨。」（Civil Disobedience：1756），因為具備不凡及智慧的人本來就是少數，梭羅舉出耶穌、哥白尼、

馬丁路德與建國先賢華盛頓、富蘭克林，不是被視作異端就是叛亂份子，終究證明少數人士的觀點反而是真理的代表。（Civil Disobedience：1758）

　　至於對違背民意之政府，手段上，梭羅認同人民有革命之權，然而卻是所謂之「和平革命（peaceable revolution）」（Civil Disobedience：1760），並不主張以暴力流血因應，而是人民以集體消極或不遵守方式反抗國家法令，癱瘓政府。但至一八五〇年代後期，梭羅對「蓄奴、懦弱與北方之缺乏原則」感到不耐，而支持激進的暴力路線於這一支持奴隸制度的不義政府：「我所想的就是謀殺這個州，且被迫地陰謀推翻這個政府。」（Slavery in Massachusetts：1953）。這與儒家雖講求「忠君」，但仍以「明君」為限，否則不過「殊一夫紂矣，未聞弒君也！」一般，孔子素來讚許「湯、武革命」，一怒安天下之民。

　　此外，梭羅受孔子政治啟發者，還有「德治」與「烏托邦」的想望。

　　梭羅以個人作政治最高依據，梭羅說明「一個自由、理性的國家，就必須認同個人才是最高與獨立之權力，是一切其他權威的來源。」（Civil Disobedience：1767）亦相近儒家「民為貴，社稷次之，君為輕。」與「天視自我民視，天聽自我民聽」的「為政以德」之道，梭羅為此引用孔子《顏淵篇》：

　　季康子問政於孔子曰：「如殺無道，以就有道，何如？」
　　孔子對曰：「子為政，何用殺，子欲善，而民善矣！君子之德風，小人之德草，草上之風必偃。」（Walden 1859）

　　這以道德與良知取代法治的境地，自然激發梭羅政治烏托邦的概念。梭羅以為「最好的政府就是什麼都不管的政府。」（Civil Disobedience：1752），從此被視之無政府者，但隨後自承「我不是一個無政府者，而是追求一個立即且比現在更好的政府（at once a better government）。」（Civil Disobedience：1753）梭羅所構想的政治理想國度中，從無去政府化之意圖，梭羅的愛國主義與孔子「忠君」思想，所希者皆是一以良知與仁而治的政府。

　　根據梭羅所想像「完美、光榮國度」之描述：國家與人民之關係有如鄰居之互動，「國家能公平對待所有人民，如同對待鄰居般尊重，且能容忍人民對國家之疏離、不願介入或不受其擁抱，只要他盡了鄰居與同胞的義務。」（Civil Disobedience：1772）梭羅拒交人頭稅，但卻心甘情願的繳交道路稅，因為他受惠，也需要政府的這項服務，也是身為鄰里之義務。

　　烏托邦是梭羅與道家思想最近之觀念取法者，梭羅首度描述在《湖濱散記》的〈村莊〉篇，是他拒絕繳稅被監禁獄中一夜被釋放後，重返他湖邊森林理想國度的敘述，然梭羅卻依然是引用孔子的「大同世界」，表述其政治理想國的景象：

> 我的書桌是既不上鎖也不栓，我日、晚也從不鎖門，我也沒有掉過任何東西，除了一卷荷馬詩集。我確信只要大家如我生活簡單；則偷盜不知為何物，因為這只生於貧富不均的社區。（Walden：1859）

其景況如出孔子禮運篇之「夜不閉戶，盜竊亂賊而不作」之「天下為公」境地。梭羅相信只要大家如他生活簡約以道德為行，則

不知搶劫是何物，因為人與人信任，大家都有道德之心，而諸法皆空矣！

四、藝

十九世紀中，美國舉國上下，埋首資本主義，向「錢」看的時候，梭羅就能逆向思考到快意人生是「取得少，才富足；不求取，更滿足。」梭羅的「樂慢活」哲學及早指出在人生中，休憩不是罪惡，甚至更勝工作的現代概念，一如其名言：「人可以休閒卻不傷永恆。」（As if you could kill time without injuring eternity.）

梭羅「自我教化」一貫主張，就是輕工作，重視休閒（leisure），他可以每年工作六週，換得三百多天閒暇和獨立，自由地閱讀、思考與寫作。（Walden：1804）其中，梭羅最大休閒嗜好是林中漫步：

「除非每天我花至少四小時，遠離俗事，在森林、山谷與田野漫遊，否則不足以維護我身心之健全。」（Walking：1955）

愛默生對梭羅的「戶外」天賦，也稱奇「他是一位游泳、跑步、滑雪與划船的能手。」是見過「身心最平衡之士。」（Thoreau：1206）

儒家君子重視休閒之「六藝」，鼓勵身心均衡發展，孔子有「仁者樂山，智者樂水。」《雍也篇》，表達君子休閒於山水之間的性格陶冶；孔子在休閒時刻的從容、安適外貌形容有「子之燕居，申申如，夭夭如也。」《述而篇》；孔子也警告休閒的嚴肅，否則「小人閒居為不善。」而孔子「詩者，多識鳥、獸、草、木之名」，

對熱愛自然生活之梭羅想必更心有戚戚焉。在一八四〇年二月十
一日的日記上,梭羅寫道:

> 享受真正的閒暇,是善用這時間以改善他的靈魂資產。所有
> 時間,只能把自己當成工作機器的人,是沒有閒暇追求真實
> 的品格。

梭羅重視「獨處(solitary)」,休閒以養心的核心概念與孔子「君
子慎獨」是完全呼應的。

梭羅與孔子也都是音樂的愛好者,孔子學齊韶樂的恆心,可
至三月不知肉味。與孔子相較,梭羅雖常吹笛於林中,但側重於
心中的聯想,梭羅常用自然的天籟聲媒介個人與自然通靈,不論
是抽象無聲或有聲,是梭羅最喜用的神秘意境,梭羅以這來自心
靈之聲,作為與自然交流的語言,自然是可以向人進行有聲的交
往,甚至他自身也有一個無聲的音樂,在一八五一年七月十六日
的日記上,梭羅寫道:

> 多年來,我朝一種音樂前進,我整日陶醉其中,無法自拔,
> 以科學的角度,你能告訴她是何能如此?她來自何處?她宛
> 若進入靈魂的光輝?

正所謂孔子對一個人完美性情之養成是以「興於詩,立於禮,
成於樂。」。《服務》一文中,梭羅寫道:

　　音樂是上帝的聲音，是美德的前奏。一個人的生命應跟隨一
　　個只有他耳朵可聞的無聲音樂　（unheard music）而前進，
　　對其伙伴，也許是不協調與失和，他卻能更輕快踏步行進。

　　又有如法爾瑪（John Farmer）幻化到森林中的笛聲，而果敢選擇了不同的人生；或斯伯汀家庭（The Spaulding family），在風聲輕拂，萬物無聲之時，「只有五月的蜜蜂環繞蜂巢聲，我卻有最甜美音樂哼唱的萬物聯想，那是思想的聲音」（Walking：1974）。

　　結論，本章之目的非否定中國道家在梭羅思想形成的影響與存在，所欲客觀說明的是梭羅在他人生前進的動態思想歷程中，儒家務實與致用的思想，對他想法相對影響比例上，是逐漸凌駕道家的；事實上，老子《道德經》第四十八章中：「為道日損。」（所指人從內心追求智慧，期求人與自然的便捷溝通，必須從物質到精神過程中，私心雜念都要簡而再簡、約而再約，「道」便顯露出來的概念），其實亦切梭羅「簡約生活」之旨。然客觀研究，梭羅由靜（森林獨處）至動（重返社會）的人生演變過程中，也同步反應在他受中國哲學思想影響過程中，亦是由道至儒的脈動，他以老莊思想之順應自然、清心寡慾，結合愛默生所倡導之「自立」精神，逐漸形成了一套梭羅式之特有顛覆傳統、對於人文的關懷，是梭羅從理想走到現實，從孤離邁入群體，從出世到入世的一個自我解放的過程，這一潛在意識說明何以他在湖濱進行類似道家獨居生活時，卻不斷以儒家語句的來注釋他的想法。這一積極的現實意識尤在他後半生，當梭羅逐步踏入政治與社會解奴運動之後，他想法愈趨激進時，更加凸顯。

第四章　梭羅的文學：由疏離至關懷

　　如前所言，梭羅一直是國人最感親切與熟悉之外國作家，主要是他廣為人知的代表作《湖濱散記》，充滿了濃厚的中國風，直覺上，有著「採菊東籬下」的悠然與「帝力於我何有哉！」的無為境界；往往這種直覺之附會，使得梭羅文學思想中邁向關懷、務實的意識本質，受到極大的忽略，也再再說明梭羅長久以來主觀予人消極、避世的隱士形象是大有出入的。

　　梭羅一生文學思想找尋者，不外是文明社會下，個人的永恆生活之道。探勘梭羅個人思想之地圖，當追溯梭羅湖濱前期作品中——「自我教化」之孕育，就已顯現他改革人心之熱忱；一八四五年，梭羅湖濱「簡約生活（Life of Simplicity）」，疏離社會，求取個人與自然永恆之關係，是梭羅將「自我教化」付諸行為的實驗；待一八四七年，梭羅結束湖濱生活，重返社會，「是因為時間苦短，我卻還有更多不同的生命尚待嘗試。」（Walden：1937），開始投入政治與社會反奴運動；一八六一年梭羅發表《散步》一文，提出「邊界生活」，則是合理化他全面參與資本文明社會之論調。足證梭羅對文明與自然的互相關係，呈現由分離到兼容的務實調整。

　　梭羅文學思想中，「自然」是他「疏離社會」，思想啟發的源頭；「關懷、務實」卻是他內在核心的一貫動力。依據貝克曼（Martin Bickman）視《湖濱散記》是梭羅人生動態歷程的「中繼站

（transition）」[1]。重新解析他作品所欲傳遞改革、求變的真實思想，翻轉梭羅以往予人幽然、隱世的超現實印象，本章內容欲從梭羅在湖濱前之「自我教化」以至湖濱「簡約生活」，排斥文明的實驗，最終至湖濱後「邊界生活」，兼容文明與自然的二階段轉換歷程，翻轉梭羅以往予人孤然、避世的隱士形象；微觀還原他積極與務實的人生脈動，與他回歸社會之必然。

第一節　湖濱前期的改革理念：自我教化

　　梭羅早期的人心改革理念自始圍繞著一個對立：梭羅一面堅信美國有優越於一切西方國家美德與理想之所謂「獨特主義」；另一方面，梭羅卻又對美國人心迷陷物質生活與良知道德之墮落，感到失望。因此，梭羅改革的意念自始呈現是以個人為優先目標，而非刻意要逃避人世，這也是後世常倒果為因，將梭羅形塑成不食人間煙火與世無爭的隱士最大原因。

　　這種改革的精神早在他進行湖濱生活前的作品就已顯現，回溯早期作品，可斷定社會從來不是他改革的目標，梭羅將改革侷限在個人道德的「自我教化」，乃源自愛默生《自然》一文中「孤離（solitary）社會」與《自立》一文「個人自主（egotism）」的兩大構思；他認定社會是傳統及體制的集體合成，與社會接觸遇多，則個人心智愈加退化，甚至，對社群層次的組織性改革運動，梭羅亦視之體制化的

---

[1]　Martin Bickman, Walden: Volatile Truths (New York: Twayne, 1992), p.57.

壓抑，剝奪個人自由空間。[2]即使對當時同是超越主義者喬治萊普立
（George Riply）在麻州，同樣進行烏托邦式的集體社區「布魯克農
場」（Brook Farm）或「果實地」（Fruitland）實驗[3]都嗤之以鼻：「對
這些集體公有社區，我寧可待在地獄的單身漢宿舍，也不想寄宿在
此天堂之中」[4]，這種「自我教化」也反應在梭羅對慈善事業的不以為
然，「如果有人要到我家裏來，刻意幫助我，我會儘速逃走，在這情
形下，我寧願遭受痛苦，倒來得自然。」梭羅推崇「一個人的善應
有如花果自熟而出的香氣，慈善則是短暫、臨時的；是一種藏著多
樣的罪惡，不過是人類自私膨脹之意義。」（Walden：1807）。

考證梭羅早期作品，他一八四〇年發表的《服務》（The
Service）一文中，就展現了這般由內而外的個人自發性的精神追
求理想，個人改變自然牽動社會的質變。他塑造了所謂的「勇者
（brave man）」，基本上，他所具備性格就是疏離社會、個人獨立、
重視道德與從自我內省中尋求個人最高精神生活。他「內在的神
性有如聖殿之火提供了他外在行為的指導。」[5]（The Service 5）
「一個人的生命應跟隨一個只有他的耳朵可聞的無聲音樂

---

[2]　Milton Metlzer, Thoreau: People, Principles, and Politics (New York: Hill and Wang, 1963), p.6.

[3]　布魯克農場是 1841 年，在麻薩諸塞州，超越主義所進行另類的烏托邦式集體社區實驗，社區農民通過共享的工作量，有充裕的時間用於休閒和知識的追求「果實地」(Fruitlands)亦是烏托邦式的社區實驗，由艾科特(B Alcott)與查爾斯蘭恩(Charles Lane)所建。

[4]　Len Gougeon, "Thoreau and Reform", Joel Myerson, Henry David Thoreau (UK: Cambridge University Press, 1995), p.195.

[5]　Thoreau, Henry David, "The Service", The Higher Law: Thoreau on Civil Disobedience and Reform, edited Wendell Glick, N.J.: Princeton University Press, 2004.

（unheard music）而前進，對其伙伴，也許是不協調與失和，他
卻能更輕快踏步行進。」（The Service：11）；這時改革對梭羅言，
就是服膺超越主義之「自我教化」，人的高貴性質，可由個人疏離
文明，從自發性的內省取得。

　　一八四三年，梭羅因挑戰艾芝樂（J. A. Etzler）之《天堂可期》
（The Paradise Within the Reach of All the Men, Without Labor, by
Powers of Nature and Machinery），而在日晷發表《天堂復得》
（Paradise to Be Regained）打起筆戰，重申自我教化的個人改革論
理。艾芝樂提出的一個未來人類的烏托邦，是可以建立在物質與機
械文明的「機器體制」（mechanical system）之上，當人改進文明與
外在的環境後，個人也可隨之化成完善。

　　梭羅《天堂復得》文中，則對艾芝樂以物質成就作個人改革的
傳媒，認為是換湯不換藥（improved means to an unimproved end），
梭羅指出艾芝樂的最大錯誤就是以奢侈及舒適的外部生活手段，作
為追求內部精神生活之目的[6]。（Paradise to Be Regained：45）梭羅
的改革程式是人必先由內而外，先自我改革，自然與環境則自動改
善。針對艾芝樂的「機器文明」，梭羅認為「任何的機器或它的特
殊應用都是對宇宙法則的冒犯（outrage）」，反對「任何機器文明體
制強加於人，這些發明是對自然的侮蔑（insult）」。（Paradise to Be
Regained：45），最早表達了梭羅嚮往「簡約生活」田園之樂，一
種以自己的勞力務農來換得生活溫飽，不去追求物質的享受，尊重
自然，一切就是以簡單生活為圭臬，和平共生的農業烏托邦夢想，

---

[6] Thoreau, Henry David, "Paradise to Be Regained", The Higher Law: Thoreau
on Civil Disobedience and Reform, edited Wendell Glick, N.J.: Princeton
University Press, 2004.

「我承認，有時我寧可退化到套上頸軛的牛，享受犁田的樂趣。」文末，他批評艾芝樂的天堂終將墜地，因為還是不夠高，除非它是蓋在天堂的屋頂之上。（Paradise to Be Regained：44-45）

　　一八四四年，梭羅發表之《改革與改格者》（Reform and the Reformers），除重申自我教化是追求善良與道德生活，社會改革的基礎外。梭羅將自我教化定義是一「私下與個人的事業（private and individual enterprise）」[7]（Reform and the Reformers：183），梭羅目的是要表明他對當時美國因資本主義所衍生社會問題，而造就如火如荼、琳瑯滿目之組織化的改革團體，不以為然的態度，因為組織化的改革仍是一種體制（institution），剝奪個人去進行自我改革的空間與自由。文中，梭羅以激動的語氣「我要求所有推行禁酒、司法、慈善、和平、家庭與社區的改革者，不要只給我們理論，他們不能證明什麼；改革者不能只依賴雄辯或邏輯，提供人採取一個外部制度或體制，而是瞭解他真有一個內心完美的制度。」（Reform and the Reformers：184），梭羅批評這些所謂改革者，根本連自己本身都尚未改革。

　　綜合以上我們可以看出，當十九世紀，美國資本主義興起，組織性改革運動風起雲湧時，梭羅也不落人後，獨樹一幟提倡以個人、自發性的「自我教化」——既然個人能自發性的改善，社會的改革也沒必要了——投入社會改革運動。當此階段，除他一貫個人「自我教化」之改革關懷，同時間，外部影響因素——一八四〇年

---

[7]　Thoreau, Henry David, "Reform and the Reformers", The Higher Law: Thoreau on Civil Disobedience and Reform, edited Wendell Glick, N.J.: Princeton University Press, 2004.

代開始日益延燒的美國奴隸制度議題，也在隱約其中，牽引著梭羅走向集體社會的參與。

　　一八四○年《服務》一文中，即透露此時梭羅熱血與激情的反奴態度。當一八三六年德克薩斯欲脫離墨西哥（墨國反奴），採行奴隸制，加入美國，對當時美國反奴人士主張的和平之不抵抗運動（non- resistance），梭羅是採取反對立場，而主「我們和平之無法聲取，切非因劍的生銹，或是出於沒有拔劍出鞘的能力；讓劍至少為和平所用，以保劍之光芒與鋒利。」（The Service：9），梭羅此一早先的激進立場，直到一八四八年離開湖濱後，才自公民反抗運動開始逐漸復甦。

　　一八四四年四月，由於任職激進廢奴報社《自由先鋒報》（Herald of Freedom）的記者的羅吉斯（N. Rogers）呼應梭羅，認為改革是個人的運動，因此，一切的反奴運動組織，因行解散，而被解職。梭羅在「日晷」刊物，同以《自由的先鋒》一文為名，聲援羅吉斯超越文學式的見解言語，讚許羅吉斯具有「來自心靈而非頭部的智慧。」[8]（Herald of Freedom：56）

　　一八四五年三月，梭羅又以讀者投書 （letter to editors）方式到「解放報」（Liberator），極力讚許支持廢奴言論的菲力普（Wendell Philips）。菲力普是當時最具雄辯力的激進廢奴主義者，但因其立場常受到保守人士忌憚，反對邀請菲至康考特講座講學，身為康考特講座評審的梭羅卻以為「他的演說目的不過是表達在德州採取奴制時，個人對虛偽政府與迷信的教會竟支持這現象所該有反應。」

---

[8]　Thoreau, Henry David, "Herald of Freedom", The Higher Law: Thoreau on Civil Disobedience and Reform, edited Wendell Glick, N.J.: Princeton University Press, 2004.

而認為是「完全合乎社會人心之要求及需要」[9]（Wendell Philips Before Concord Lyceum1：59-60）。

梭羅極力崇揚羅吉斯與菲力普是「一貫誠實且立場鮮明正義之士」，他們有更寬廣的改革視野，注視者乃是非黑白，並不是侷限在解奴一事。但梭羅卻也藉此開始與激進的廢奴主義者及組織性的改革者交往，將解奴運動與他改革的意念加以連結。由此可見，梭羅，四個月後，一八四五年七月，梭羅開始移居湖濱實驗他個人改革──「自我教化」時，梭羅並非全然清心切割於當時廢奴風潮。這種由個人改革轉化至社會改革者的憎愛情緒，梭羅研究學者哈汀（Walter Harding）指出：「雖然梭羅堅信積極的社會參與，會導致精神的遲緩退化（spiritually dor-mant），然而他也無法對時代的政治與道德的爭議，完全置之不理。」[10]

第二節　簡約生活：遠離文明

一八一七年，梭羅生於美國麻薩諸塞州人文薈粹的康考特，「身材矮壯結實，外貌輕鬆，有一對堅定藍眼珠，晚期蓄鬍。」（Thoreau：1206），終生未娶，疏離人群，但個性其實外冷內熱，除在劍橋就讀哈佛大學的日子外，幾乎以康考特為生活中心，平

---

[9]　Thoreau, Henry David, "Wendell Philips Before Concord Lyceum, March 12th, 1845", The Higher Law: Thoreau on Civil Disobedience and Reform, edited Wendell Glick, N.J.: Princeton University Press, 2004.

[10]　Walter Harding, The Days of Thoreau: A Biography (New York: Alfre A. Knopf, 1965), p.418.

時沒有固定事業，常為當代人士識為怪誕，直到一八六二年，他四十四歲過世，用俗常的標準來看，一生可說困頓以終。

二十歲時，梭羅哈佛大學畢業，他沒有如他同學一般前往都市，追求飛黃騰達，也有一說當時正逢全國不景氣，梭羅選擇返鄉康考特，任教一所小學，但只教了幾天，就因為反對校方體罰學生的政策而辭職。梭羅家庭中，較親近者當屬兄長約翰梭羅，兩人後來共同辦校，當然是沒有體罰，採戶外上課，置身大自然的前衛活潑教學方式，頗開風氣之先，但學校不久因約翰健康因素而停止，梭羅前往投靠愛默生。此後他「多能鄙事」，做過木匠、園丁、土地測量員，最後在他父親的鉛筆廠工作，一度因改良製作鉛筆方式取得專利，有所成就之時，梭羅卻以「不必浪費時間在重複作過的事上。」（Thoreau：1203），從此，專心於文學、遊歷與政治社會改革運動。

梭羅選擇華爾騰湖的淵源，可回溯自五歲時，當時家在波士頓的梭羅與父親回鄉康考特，而首次看到華爾騰湖，從此「她東方亞洲式的山谷與林中景色常在梭羅夢中徘徊，尤其是她甜美的單獨，與他耳朵所能聞的無聲中的有聲，是他精神所需。」（Journal Vol.2：173-4），梭羅進行湖邊獨居，除個人「自我教化」文學的付與實驗可行外，亦望建立一個安靜的寫作環境[11]，這可能與當時梭羅家中開設鉛筆工廠與接受民宿有關，至少《一週在梅里瓦克河與康考特的日子》、《緬因森林》、《湖濱散記》等都是在華爾騰湖畔所完成或草作。此外，這對身患肺結核的梭羅，也是一個極需休養的良好環境，至少我們知道梭羅為此，而在大學時休學。從資料發現，肺結

---

[11] Richard J. Schneider, "Walden", in Henry David Thoreau, edited Joel Myerson (UK: Cambridge University Press, 1999), p.93.

核此傳染病，當時極普遍於麻州，連愛默生亦深受染病之苦，不得不在一八二六至二八年移居南方養病。不只其首任妻子塔克（Ellen Tucker）死於該病，連他的兩位兄長愛德華與查爾斯於一八三四與三六年，也難倖免。

梭羅這種獨居湖邊想法，直到一八四一年，開始變得愈加渴望。一八四一年十一月三十日，日記中，梭羅訪問麻州劍橋（Cambridge），發現詩是無法在學院與圖書館中產生生命的，梭羅以為「作詩之捷徑應該是直接回歸田野與森林之中，一個好的詩必須是簡單而且自然的，不過是個人經驗中最真實的描述。」（Journal Vol.1：338）一八四一年十二月二十四日，日記中，梭羅欲回歸自然生活，心情之切可見，「如果我能將現在的自己拋下，我希望立即移居湖邊，傾聽風行蘆葦中的低語。」（Journal Vol.1：347）

一八四五年五月，梭羅終於付諸行動，朋友協助下，在愛默生湖邊所擁有的一塊地，建好他的小木屋後，特別挑選在七月四日——美國獨立宣言的紀念日，作為他實驗的首日，象徵他建立個人烏托邦或一人布魯克農場（one man-Brook Farm）之生活渴望。在兩年又兩個月的生活當中，是梭羅樂活、慢活於華爾騰湖的一段清靜無為中，找回個人生命本質及目標之心靈革命：

> 我走入森林，是因為我希望能從容不迫地生活，找尋生命基本的真理，而不願在生命到達終點時，才發現沒有真正生活過，我希望活出生命的深度與真髓，至於與生命無關或相關之瑣碎，則盡皆捨棄，物質只需滿足身體所必須最基本需求，對我而言，大部分人對生命還是懵懂的，他們似乎倉促

地就下了結論，人生就是要榮耀上帝及享受他的恩典。
（Walden：1816）

單獨觀賞梭羅在湖濱獨居的生活實驗，主觀予人是消極、避世想像；梭羅也成了與世無爭的孤隱之士，或反文明之道德主義者，這極大原因是過度誇大超越主義形而上的部分。照愛默生的《自然》一文中，回歸自然的目的，就是找回個人的本能或直觀，證明個人可以經「通靈自然」（communion with nature）中，找到他的神性（divinity）。因此，如何與自然通靈是梭羅實驗超越主義理論的焦點，也是最神秘及抽象部分者，更確切說是把愛默生『超靈』——天人合一——構想付諸實證之行動。但重視自我教化，以個人為中心者，梭羅如何將「愛默生的空中樓閣，建立在現實人間的基礎」[12]，梭羅仍然作出不同超越主義思想，形而下的實用改進。

照愛默生的觀點，回歸自然的目的，就是經由個人的本能或直觀，證明個人可以經自然的交通中，找到他的神性（divinity）。梭羅秉持「自然與人性」（Nature & Human Nature）合諧有機的關係，以自然是人類之母體，個人有其獨立地位，作為這場文學實驗之前提。在《散步》一文中梭羅將自然與人關係，視為母與子之間的關係。感嘆美國有最原始之山川處女林地，然今人卻急於離開自然母親的懷抱，投入社會的集體，發展人與人的關係，造就有限膚淺的文明（Walking：1971）在《公民不服從論》中，梭羅也說到：「人

---

[12] Stanley E. Hyman, "Henry Thoreau in Our Time", in Walden and Civil Disobedience: Authoritative Texts Background Reviews and Essays in Criticism, Edited by Owen Thomas, p.321.

來自於自然，因此，自然乃個人靈魂之源始，植物與自然相合而有生命，個人也不當例外。」（Civil Disobedience：1762）。梭羅甚至極端以為「如果人出生於原野，受野狼哺育，則有看待萬物更清明的視野。」（Walden：1769）

但在回歸自然母體之媒介上，梭羅則認為自然只是幫個人找回自己的本性，因為，自我教化的成功是在（in）自然而非經由（through）自然，個人「動心」方是關鍵；這個差別可見在湖濱散記〈動物鄰居〉一章中，梭羅自比隱士與詩人的一段對話：隱士因詩人的釣魚提議，打斷他剛靠冥想與自然的交流喜悅，在選擇繼續冥想或釣魚時，隱士因為如何努力也無法恢復剛剛天人交通的愉悅感覺，方領悟走入自然才是永遠與真實，光靠意想的融入是短暫，決定與詩人同去釣魚。（Walden：1816）這將個人獨立於自然，有其自主之崇高性也反應在梭羅逐漸以個人在原始自然的「野性」，取代愛默生認為自然附予個人的「神性」；並以個人的「良知」取代「直觀」作為個人內心之「最高法（Higher Law）」，有別愛默生對人有神格性合一的抽象看法。

如何回歸自然母體？相較愛默生《自立》，梭羅卻提出更嚴格、具體方法，就是「簡約生活」；基本上，這是梭羅企圖證明「自然與文明」（Nature v.s. Civilization）不容的論調。湖濱的簡約生活是梭羅改革人心的實驗，極欲振奮者是人心改變的因子，看似靜默，但內容中，梭羅呼籲人民反傳統、反社會，反不義之政府，卻隱藏著最大變革的動力。

梭羅之激進來自於「社會的疏離」，認為社群阻礙個人精神生活，個人與社會之間存在着相互否定的發展關係，接觸愈多，則

受外務干擾愈多，一旦慾望滋生，則失去單純自然的本性，這種
嚴厲的批判可見於：

> 社會普遍是膚淺的。我們因為必須不斷在飲宴、社交場合中
> 相聚，只好訂下一些禮儀或禮貌的規範，好弄得這些經常的
> 聚會可以讓大家忍受。結果是我們生活充滿擁擠、妨礙與阻
> 塞，反而失去了彼此的尊重。（Walden：1840）

梭羅認定「群眾的生活是絕望（desperation）的，而導致者乃
人性之順從（resignation）。」（Walden：1771），「個人已變成了群
體手中工具的工具了」（Walden：1787）。為改變這種現象，梭羅極
欲顛覆世俗與傳統，手段必須是「祖宗不足法，人言不足畏」，一
代拋棄前代之傳統，當如拋棄擱淺的船隻一般（Walden：1772）。
梭羅以為人類的智慧與年長無關，梭羅感慨生活在世三十幾年，從
沒得到一位智慧長者之建言，反而最懺悔的事就是街坊鄰居對他
「好行為」的讚美。至於人言，梭羅譏之不過是「虛張聲勢之暴君」
（Walden：1771）。

梭羅就地取材 Walden 的湖深為例，多年來就只用深不可測
的傳說，限制了個人去發掘真相的行動，甚至還誇張到湖底可
通至地表另一端；而梭羅不過以釣線懸以石塊，即輕易觸底，
測得湖水 107 呎深（Walden：1917），諷喻人性「從眾」與認命
的惰性。梭羅特別引用孔子「知之為知之，不知為不知」，說明
只有真理，而非傳統，才決定個人之思考與未來。梭羅以他自
身的經驗，樂觀的鼓舞個人相信自己的渴望，採取行動，則一
切自然不同：

> 至少，根據我的經驗，我學到是：如果一個人自信地按照他夢想的方向前行；努力追求他所想望的生活，他在任何平凡時刻，都會有意外的成就。（Walden：1937）

梭羅感觸當時美國人民道德墮落，肇端「越多越好」的生活觀，因此，他採取逆向思考之「不是我們能拿多少？而是我們如何以最少度日？我們取之愈少，則愈滿足。」。因此，梭羅回歸自然的方式就是必先捨得一身寡，梭羅也默認已接近到「野獸生活」之標準；因為自然的生活不但是簡單也是富有野性的。梭羅認為只要人一旦在生活的天秤上，拋棄一切「文明的體面」（civilized respectability），則現行一切傳統人心與因循體制將顯得荒謬與不繼，一些現行文明下的既定觀念自動產生顛覆性的翻轉，如：貿易，既然俯拾皆是維生之物，千里之外的貿易行為自非必要；慈善的意義也變得不一樣，因為貧窮的定義已經是精神而非物質的缺乏，甚至連「繼承」都當捨棄，有如他拒絕繼承父親鉛筆工場，梭羅以為限制人心的傳統與規範皆藉此制遺傳後世，梭羅徹底不為物役的心態由此可見：

> 我以為青年男女最大不幸就是繼承父母之田產、房舍、穀倉、牛到農具，因為他們易得而難捨。……將美好之人生一如堆肥，聲入田中。（Walden：1769）

身無掛念之下，梭羅隱居康考特由愛默森所擁有土地的華爾騰湖畔林間中，把物質生活降到最低維持之水平，梭羅以為除了「食物、遮蔽、衣褲與薪柴」外，餘皆長物，僅花了二十九元購買木料，與朋友親手搭建了一間小木屋，開始兩年兩個月又兩天與自然為伍

的獨居生活。梭羅依靠耕作收成和以為是最好的工作——「短工（day labor）」（Walden：1805），追求簡約的田園生活，所以梭羅並非是絕對無業不事生產。梭羅也是一位素食者，不飲茶與咖啡，他不吃肉，索性後來連華爾騰湖的釣魚也不吃，只吃小麵包與馬鈴薯，飲湖水，每年維生的花費僅八塊美金，過著一簞食，一瓢飲，人不堪其憂「顏回之樂」的日子，證明他可以每年工作六週，以換得一整年簡約的生活所需（Walden：1804），其餘的三百天他得到了閒暇和獨立，可以自由地閱讀、思考、寫作與林中漫步，在《散步》文中，梭羅「為保持健康與精神，至少一天要放空一切的散步四小時於山中林野，與自然交遊。」（Walking：1971）。把文明的繁瑣盡數剝去：

> 我們應該改變事物的順序：第七天應該是人類勞動的日子，在這一天以額上的汗水賺取生活所需：其餘六天則作為感性和靈性的安息日，漫遊在廣袤的花園裡，啜飲大自然溫柔的感化和崇高的啟示。

梭羅林中的日子，黎明即起至正午之間，梭羅忙碌於荳田的栽種，這時的對象大概只有他口中常與他爭食作物的土撥鼠，中午後，則全屬於個人的時間，閱讀之餘，華爾騰湖是梭羅自然生活的觀察中心，湖水清澈見底，隨季節，湖色忽藍忽綠，湖邊山、林環繞，水鳥聚集，魚藏豐富，梭羅常在午後，划船至湖心後，倘佯湖中，任船隨風浮盪，直到飄抵岸頭，或在萬籟寂靜的午夜湖中垂釣，「我就這樣將一天最寶貴的時光如此消磨，不以金錢衡量，我是富有的。」（Walden：1869）

　　回歸到極簡的生活，擺脫文明與世俗誘惑，自然則幻化成有機與靈犀，變成是可溝通與交感的，〈獨處〉一文中，最能傳遞梭羅享受與自然溝通的喜悅與滋味：

> 這是一個美妙的傍晚，全身融貫，化成一感，喜悅得以無入而不自得。我有一種優遊在大自然來去中，奇妙的自在；我與自然已結合一體。我以林木為界，隔出了自身的地平線，在這個小天地裏，我有自己的日、月、星辰。彷彿我是這化外之地的第一也是最後一人。我卻經驗了最美妙、最溫柔的時光，只要是自然之物，就能在其中發現最純真與興奮的聚合，任何活在自然中的人，暗沉的憂鬱或麻木不仁是不可能發生在他身上。當我在享受季節的友善，沒有任何事可讓我感覺生命會是一項負擔，似乎我得到更多神的眷顧，我從不感到寂寞，甚至感受不到一點單獨之苦。（Walden：1836-7）

第三節　邊界生活：文明與自然的兼容

一八四七年九月，梭羅決定結束湖邊獨居，走出森林：

> 我決定結束湖濱森林日子的理由，一如我當初開始它的原因。因為我有更多的生命空間有待經歷，而時間卻苦短；人是多麼容易與快速地就耽溺在既定成俗的道路，我更不願固步自封，作繭自縛於窠臼之中。（Walden：1937）

　　自華爾騰湖畔返回康考特鎮，梭羅開始宣揚捍衛他兩年兩個月的自然簡約生活實驗。一八四八年梭羅發表《公民不服從論》，生活重心轉移到參與社會解奴運動上。一八六一年，他將大部湖濱之後的作品以《散步》一文發表，提出「邊界生活」的修正，也就是他出於「忠誠與愛國」，必須過著來往於自然與現實社會的生活。梭羅提出這種兼容的修正，也是為本身以一市民的社會個體，卻提倡重返自然的不對稱，找尋一個整合的理論，顯現了梭羅謹慎認知到「簡約生活」陳義過高的務實反應；也等於承認了自然與文明世界的難以切割。

　　比較《散步》與《湖濱散記》，我們發現梭羅強調者，已經趨向「經驗（experience）」大於「理論（theory）」的務實調整，在《湖濱散記》中梭羅愛用之「漫遊（saunter）於人生」一字，已變成在林中的真實「散步（walking）分享」了，最能顯見這般精神轉變於其中一段，梭羅爬上白松（white pine）之頂端樹枝，以眺遠山，結果意外發現前所未有之白松花，宛如是「天上掉下來的星星」（Walking：1967），梭羅不似已往的孤芳自賞，卻極欲帶回村鎮，沿路與陌生人以至農夫、樵夫、木商、獵人一起分享討論這驚奇，顯示了「邊界生活」已更近人性生活的現實註解。

　　而在湖濱散記之〈獨處〉篇所出現與自然明心見性的境遇，在《散步》一文中，梭羅也同樣的體驗與描述了這個「異象」。發生在十一月，一個灰冷的傍晚，梭羅與友人漫步到溪邊草原時，正逢落日灑下最明亮與柔和的光輝，梭羅走進了這純淨光輝之中，彷彿天境，有如沐浴在金色的洪流之中，打在背上的金光，有如驅趕梭羅返家的牧羊人，梭羅方知已走入「聖地」（Holy Land），太陽所照射者是一道生命之光，穿透心靈與意識，喚醒梭羅的完整生命。

但不同者，這種「經驗的分享」，梭羅意識到「這不是單獨與永不再發生的景象，而是向日後來此散步的人鼓舞與保證，可以永遠在無數這樣的傍晚發生。」（Walking：1976）

梭羅的「邊界生活」論，在湖濱後的緬因森林之旅中與印地安人的相處、接觸，也取得繼續的支持、啟發。「邊界生活」的庶民化與貼近現實，在《湖濱散記》，尤其是《散步》一文，梭羅已改用「野人」（savage）與「野性」（wild）字眼，替代表達愛默生以「神性」（divine）形容個人的良知與本性。這兩字在梭羅意義中是毫無白種人定義的野蠻、沒教育、不衛生負面意思，梭羅以 savage 拉丁文原意者，乃指森林之意，因此，森林之人（woodsperson）即是野人，在梭羅心中就是「自然人」之意，而印地安人是與「自然」最貼近的野人。梭羅在湖濱散記的〈經濟〉一篇，傳達人可在最簡單的物質需求，求取最高的精神生活時，梭羅舉印地安人的帳篷（wigwam）為例，推崇他們處理生活物質需求上，配合自然，簡單卻實用的智慧，使印地安人一生不需輾轉在房屋債務壓力，自由自在反見富裕。（Walden：1782-83）梭羅因此稱讚印地安人道：「真正的文明人不過就是有經驗與智慧之野人。」（Walden：1788）

梭羅在一八四七年離開華爾騰湖畔森林，梭羅依然繼續著這般的天人探索，除一八四六年湖畔期間第一次的緬因森林之旅的卡塔丁山（M. Katahdin）探險外，他一八五三年與一八五七年，第二、三次的「緬因森林」之旅，分別由兩位印地安人 Joe Aitteon 和 Joe Polis 擔任嚮導，特別是在第三次的緬因森林的 The Allegash and East Branch 之旅，十一天與印地安人 Penobscots 部落的接觸，可說是他「二次湖濱散記」的延續，而不同是 Walden 湖畔以自然為伴及個人為主，他此般則是以接觸具體的印地安人（Penobscots 部落）作

觀察對象,經由與 Polis 和他們的互動,梭羅學習觀察到印地安人的
風俗、葬禮、語言等,而對印地安之生活方式有了精神啟發,當他
看到 Polis 是以對話方式,企圖捕捉麝香鼠(muskrat),梭羅認為印
地安人理想、反文化、原始、天真的性情,已是完全融入自然狀態
下的野人,無異是活在他所追求的自然生活之下。梭羅臨終時,最
後話語就是:「麋鹿」與「印地安」兩個字,可見緬因之旅是他回歸
天地的最後懷念。在寫與友人 H. G. O. Blake 信中,梭羅讚嘆:

> 我在作了印地安生活地區的短暫遊歷後。我發現了印地安人
> 更具神性(divine),並有一切讓我感到興奮與愛慕的人類新
> 自然力。與白人在自然林野中相較,印地安人在林中的來去
> 自如,充滿著智慧的靈性,讓我不但能力增長,且更有信仰
> 遵循。我喜悅的發現這般智慧流露在我所未知的其他管道
> 中,彌補救了我仍粗野的部分。[13]

有別他第一次之簡約生活實驗,梭羅在 The Allegash and East
Branch 之旅實驗,除了看到印地安人在無自覺的過著他所謂之自
然簡約生活,也直接鼓舞梭羅對所謂「簡約生活」標準的退讓。而
這「彈性」來自他與印地安嚮導 Polis 的相處,梭羅對印地安的瞭
解,實際來自 Polis 個人的影響最深,文中那位「林中來去自如與
彌補梭羅野性一部分」[14](The Maine Woods:168)緬因森林者,
就是 Polis。

---

[13] August 28,1857, in Joseph J. Moldenhauer, "Thoreau to Blake: Four Letters
Re-Edited," Texas Studies in Literature and Language, 1996, p.p. 49-50.
[14] Henry David Thoreau, The Maine Woods. Ed. Joseph J. Moldenhauer

　　在梭羅關鍵第三次的緬因森林之旅，他與 Polis 依始就達成「相互教授對方自己所有的知識」的交易，在梭羅眼中，他與年長他六歲的 Polis 是兩個不同世界（自然與文明）的對方翻版，Polis 是一位現代化的印地安人，也是 Penobscots 部落的發言人，在文明的世界，Polis 擁有房子、土地及價值六千美元的財產，並拜訪美國名流，常代表族群與美國政府談判，但仍保有原住民的尊嚴及一切野外自然與生俱來的技巧，譬如梭羅怎麼也學不來林中「導向」的天賦及製作獨木舟的技術。（The Maine Woods：185）Polis 穿梭於自然與現實的生活之中，正是梭羅自承的基於現實需要及對國家的關心所過之「邊界生活」，梭羅顯然並不堅持人一定要如同他在湖濱離群索居，與世隔絕。

　　一八五〇年代中，美國奴隸制度開始快速的漫延，梭羅的改革目標從原先美國資本主義過度發達所造成社會人心腐化的憂慮，轉而至美國政府，因為它幾與奴隸主是同路人，已快失去保護個人自由的功能，梭羅方覺醒個人的「自我教化」已不如改革一個不保障個人自由的政府來得更加急迫。一八五四年，波士頓法院判定逃奴伯恩斯（Anthony Burns）歸還南方奴主，伯恩斯被麻州用政府力量重回奴隸生活，給予梭羅極大的震撼，同樣地，在同年七月四日，發表《在麻州的奴隸》：「個人如何改革也是罔然，因為我已經快要失去這個國家了！」（Slavery in Massachusetts：1952-53），開始他後半生，參與政治與社會改革之路。

　　一八六二年，梭羅繼續發表《沒有原則的生活》，嚴厲抨擊當時美國社會的物質文化，「個人世界就是忙碌於賺錢與工作、工

(Princeton: Princeton University Press, 1972), p.168.

作、工作」，梭羅以「美國人民雖已取得政治上的自由（此時美國
內戰已開始，梭羅預見反奴內戰之勝利），卻將淪為經濟與道德的
奴隸，化身成為有財產的奴隸」。梭羅譴責美國政治、立法人士都
是這些「財奴」的滋生者。[15]（Life Without Principle：1988），但
梭羅異於前者之自我教化，沒有再鼓舞世人離群索居的教條，只
提出「偉大的事業是具有自我支持（self-supporting）的特質，有
如詩人作詩；生活必須擇其所愛。」如果「勞力只是換取薪水是
自欺亦欺人」，且警告鄰人如果不顧世俗眼光，不事生產者將有「被
人視作懶漢（loafer or idler）──這是親近道德的代價，惟寧可挨
餓與賦閒，也不應在生活爭食中，失去他的良知。」（Life Without
Principle：1977-79），主題已侷限探討工作的價值，梭羅已宛如文
明社會，教育世人在現代生活的道德說教者了！

15 Thoreau, Henry David, "Life Without Principle", American Literature, 5th
edition, Vol. I, Ed. Nina Bayum, New York: W.W. Norton & Company, 1995.

第五章　自然意象與象徵意涵

　　梭羅是以一八四八年的《公民不服從論》出版,而嶄露頭角,之後在《麻州的奴隸》(1854)與《為布朗請願》(1859)中,繼以激烈的廢奴言論,更讓他聲名大噪,前述作品之廣為印行,猶勝同時出版之《湖濱散記》(1854)。因此,梭羅是以社會解奴的政治言論,而非以文學,先博盛名。儘管他在一八六二年至六三年的臨終前後,確實出版了他有關自然題材的重要作品《散步》、《野果》、《秋色》、《夜與月光》、《沒有原則的生活》與《種子的傳播》等。

　　梭羅以自然為特色的寫作,而另博盛名,其實是他的同好、門第自一八七〇年後的發掘與提倡。他的重要好友錢寧(Ellery Channing)一八七三年,發表《梭羅:自然主義的詩人》(Thoreau: The Poet-Naturalist)之後,學者方相繼開發梭羅以自然為主題的作品,二十世紀以來,其盛名反超越愛默生,成為美國的「自然之音」,梭羅強調「生命的永恆,存乎自然的永續」的生活哲學,已經不只是時尚而是必需了。

　　就重感性的梭羅言,自然是人生中最接近純真與新生的地方,作品中,梭羅系統與習慣的將此一「重生」意念,表現在太陽、花木與鳥獸配合四時循環的生、長、榮、枯,返璞歸真的寫作譬喻之上,透露出梭羅觀察自然界萬物時,感受到她們與人的生命是相連

一貫，絕不是各自分立或靜態的個體存在，自然有四時生死枯榮，生生不息的循環成長；人順其自然，也有其中生命循環的教化。歸根究底，梭羅所要系統傳遞者，就是一部完整號召人心的「重生」（rebirth）之作。

因此，本文在探討呈現梭羅作品中，梭羅所習慣性喜好引用之自然界特定主體──鳥獸、花木及果實、種子與太陽、聲的光華等，扮演自然之代言人，配合四時之象徵──出生、成長、衰弱到新生的循環，寄予喚醒人心的寫作譬喻。不論是以自然為主的作品如《湖濱散記》、《散步》、《野果》《秋色》、《沒有原則的生活》與《種子的傳播》等，即使是社會與政治批判性的作品如《公民不服從論》、《麻州的奴隸》、《為約翰布朗請願》，也一樣可見這般風格筆調，成了梭羅大部作品寫作與閱讀上，最常遭遇的特色。本文之目的正是整理呈現梭羅在他作品中，集體且系統地為此一單純目的，而有之固定寫作風格，也是他文學與政治「永生永續」思想及理想的表達。

第一節　永生心靈境界

梭羅作品中，最富神秘與抽象意境的運用者，應是太陽與聲的譬喻及想像。梭羅不斷以光明高懸於大地之上的太陽與來自內心的自然之聲，作為「新生」之孕育者，是喚醒人心與回復人類「自然的本質」的力量象徵。

一、太陽

　　如果以梭羅是「遁世、消極」的隱士形象者，翻閱他自然代表之作《湖濱散記》後，當驚訝發現全書竟皆「叛逆」思想表現，是梭羅在庸俗的資本物質生活中，將他內心無法實現卻極度嚮往的理想世界以及人生永恆境地的想望與抒發。梭羅在《湖濱散記》中，談及人生不是被他人壓迫去做什麼，而是要以自我的方式生活下去；梭羅迫不及待每個人顛覆傳統，不受束縛，活出狂野（wild）新生命。為表達此一「新生」的過程，梭羅在《湖濱散記》該書之首章——〈經濟〉篇，刻意以「太陽」是自然萬物「新生」之孕育者，鼓勵個人勇敢擺脫「宿命」。

　　梭羅指出大部分的人相信生命就是一成不變的，認命過著機器般的絕望生活。但靈敏而健康的人卻能拋棄「宿命」成見，勇於嘗試選擇不同的生命，有如「太陽恆生，照耀大地下，萬物本應有不同的生機，而不是只有一致的生命」，譬喻人類生命本來就應與自然孕育之萬物，豐富而多樣：

> When we consider what is the chief end of man, and what are the true necessaries and means of life, it appears as if men had deliberately chose the common mode of living they preferred it to any other. Yet they honestly think there is no choice left. But alert and healthy natures remember that the sun rose clear. It is never too late to give up our prejudices.（Walden：1771）

We might try our lives by a thousand simple tests; as for instance, that the same sun which ripens my beans illumes at once a system of earths like ours....Nature and human life are as various as our several constitutions. We should live in all the ages of the world in an hour; ay, in all the worlds of the ages.
（Walden：1772）

書末之〈結論〉篇，梭羅相互呼應，貫徹始終，則以一美麗之瓢蟲經過六十年在枯木中輾轉孵化，借此隱喻人在「死板的層層社會制度埋葬之下」，經過黑暗，終在「黎明曙光」之下甦醒，破繭而出，獲得美麗的新生命，象徵了「新生」的完美結果。

Everyone has heard the story which has gone the rounds of New England, of a strong and beautiful bug which came out of dry leaf of an old table of apple tree wood which had stood in a farmer's kitchen for sixty years...Who knows what beautiful and winged life, whose eggs has been buried for ages under many layers of woodenness in the dead dry life of society, may unexpectedly come froth from to enjoy its perfect summer life at last!

The light which puts out our eyes is darkness to us. Only that day dawns to which we are awake. There is more day to dawn. The sun is but a morning star. （Walden：1942-43）

　　梭羅作品中，太陽另一象徵意義者，則是「覺醒」（awake）與「成熟」（ripe）。茲舉在湖濱散記中，梭羅雖感慨當今世人心智的「低下與原始」，喻為「冬眠之蛇」，但待春天來臨之「暖陽」照射後，自可回復高貴美妙的生命。

I had previously seen the snakes in frosty morning still numb and inflexible, waiting for the sun to thaw them. It appeared to me that man remain in low and primitive condition; but if they should feel the influence of the spring arousing them, they would rise to a higher and more ethereal life.（Walden：1789）

　　梭羅期望個人回歸自然的最大企圖，就是實證愛默生強調的神性（divine）存在或梭羅所謂的野性（wildness）純真，也就是人忠於原味的回復到自然的本質──「自由與野性（wild and free）」（Walking 1969），此一「新生」過程，太陽在梭羅的寫作安排中，扮演了最重要的中心角色。

　　梭羅描述個人與自然達到交流的身心狀態，常是與自然獨處，心靈聯想之下的出神或忘我（ecstasy）的境界，而太陽的光華現身，則是固定的媒合象徵。湖濱散記之〈獨處〉篇一文中，梭羅與自然交集的忘我情境敘述，可見梭羅與自然交會在「我個人所有的日、月、星辰的小世界」：

This is a delicious evening, when the whole body is one sense, and imbibes delight through every pore. I go and come with a strange liberty in Nature, a part of herself. I have, as it were, my own sun and moon and stars, and a little world all to myself…if I were the first and last man.（Walden：1836-7）

梭羅再度與自然的神交，也罕見的在《散步》一文中，描述了他「沐浴在金色的洪流聖地上」，更近神話般的「異象」：發生在十一月，一個灰冷的傍晚，梭羅與友人漫步到溪邊草原時，正逢落日灑下最明亮與柔和的光輝，梭羅走進了這純淨光輝之中，彷彿天境，有如沐浴在金色的洪流之中，打在背上的金光，有如驅趕梭羅返家的牧羊人，梭羅方知已走入「聖地」（Holy Land），太陽所照射者是一道生命之光，穿透心靈與意識，喚醒梭羅的完整生命。

We had a remarkable sunset one day on November. It was such a light as we could not have imagined a moment before, and the air was so warm and serene that nothing was wanting to make a paradise of that meadow.

We walked in so pure and bright a light, gilding the withered grass and leaves, so softly and serenely bright, I though I had never bathed in such a golden flood, without a ripple and murmur to it. …and the sun on our backs seemed like a gentle herdsman driving us home at evening.

So we saunter toward the Holy Land, till one day the sun shall shine more brightly than ever he has done, shall perchance shine into our minds and hearts, and light our lives with a great awakening light, as warm and serene and golden as on a bank-side in autumn.（Walking：1976）

二、聲

　　梭羅個人與自然交流的象徵，所有的是光華萬丈的落日餘暉。但這種現象發生，除太陽光輝的天幕外，梭羅也習用抽象的聲做作解放心靈自由的譬喻；形式表現上，或以個人心靈聯想下的「自然之聲」的出現或發自「個人內心之樂」，同時，這來自靈魂之心聲也常喻以個人「美德」的前奏。

　　（一）天籟之聲：梭羅常用自然的天籟之聲，媒介個人與自然通靈。梭羅作品中有此境遇者，計有約翰法爾瑪（John Farmer）的描述。基本上，這是梭羅心理情境上的虛構，對照前一章〈巴克農莊〉中，影射另一真實人物約翰費爾特（John Field）對人生的踟躕、消極，儘管梭羅苦口婆心向他直銷「簡約生活」哲學，費爾特依然認命選擇傳統的道路枷鎖。

　　九月的傍晚，工人法爾瑪，在工作勞累後的休息時，聽到林中的笛聲，彷彿自然天籟之聲，向他建議：「為什麼還要過此勞神卻無意義之人生，而錯過更榮耀的存在？」，使法爾瑪作出勇敢的生活抉擇：

John Farmer sat his door one September evening....when he heard some one playing on a flute, and that sound harmonized with his mood. Still he thinks of his work, yet it concerned him very little. It was the scurf of his skin which was constantly shuffled off. …but the notes of the flute came home to his ears out of a different sphere from that he worked in … And a voice said to him,-Why do you stay here and live this mean moiling life, when a glorious existence is possible for you ?（Walden：1884）

　　約翰法爾瑪代表著梭羅文學實驗成功的典型渴望,梭羅以約翰法爾瑪的果決與相信自己的感覺,嘲諷人群（如約翰費爾特）於生活抉擇的猶豫與怠慢。而書中來自梭羅常在林中吹奏的「笛聲」、「暗語」是天籟啟示,則是梭羅不斷證明自然有機方式,梭羅以這來自天地之聲是自然與個人靈魂交流的語言;可見自然是可以向人進行有聲的意識交往,例如書中曾提到梭羅聽見無弦琴的美妙聲音,但僅有內心純淨的人才能聽見,世上自然沒有無弦琴存在,梭羅所要傳達之意,應該是在傳說背後那份呼籲回歸自然純淨的吶喊。

　　此外,《散步》文中,斯伯汀家庭也符合梭羅在「悟道」意境上的敘述條件,一樣是在夕陽西下,落日的光輝照射在斯伯汀家旁有如「聖殿大廳」的松林,沒有工作的喧囂,沒有政治,以樹頂為閣樓,梭羅形容斯伯汀與自然親近至有如松、樺樹身之地衣（lichen）,幾乎讓鎮上居民感受到不到他們的存在,「當風聲輕拂,萬物無聲之時,只剩最甜美想像的音樂哼唱,五月環繞蜂巢的蜜蜂之聲,我卻聯想是他們思想的聲音。」

I took a walk on Spaulding's Farm the other afternoon. I saw the setting sun lighting up the opposite side of a stately wood.

Its golden rays straggled into the aisles of the wood as into some noble hall.　Nothing can equal the serenity of their lives. Their coat of arms is a lichen. I saw it painted on the pines and oaks. There was no noise of labor. Yet I did detect, when the wind lulled and hearing was done away, the finest imaginable sweet music hum-as of a distant hive in May, which perchance was the sound of the their thinking. If were no for such families as this, I think I should move out of Concord. （Walking：1974）

（二）個人內心的樂章：梭羅也借無聲，用以伸張個人自主意識。不論是抽象無聲或有聲，是梭羅一再於不同作品中，固定喜用的神秘想像，甚至他自身內心多年來，也有一個無聲的音樂「朝她前進，我整日陶醉其中，無法自拔，以科學的角度，你能告訴她是何能如此？她來自何處？她宛若進入靈魂的光輝？」

For many years I marched to a music...I was daily intoxicated, and yet no one called me intemperate. With all your science can you tell how it is, and whence it is, that light comes into the *soul?* （Journal, July 16, 1851）

梭羅選擇華爾騰湖獨居的淵源，可回溯自五歲時，當時家在波士頓的梭羅與父親回鄉康考特，而首次看到華爾騰湖，與他所聞之「無聲中的有聲」，從此「她東方亞洲式的山谷與林中景色常在梭羅夢中徘徊，尤其是她甜美的單獨，與他耳朵所能聞的無聲中的有聲，是他精神所需。」

...the oriental Asiatic valley of my world, ... for a long time make drapery of my dreams. That sweet solitude my spirit seemed so early to require and that speaking silence that my ears might distinguish the significant sounds. (Journal after August 6, 1945)

梭羅也認定每一個人的生命都有一個專屬的心靈樂曲，惟個人可覺察之自我的旋律與自主的節奏：「一個人的生命應追隨一個只有他的耳朵可聞的無聲音樂而前進，對其伙伴，也許是不協調與失和，他卻能更輕快踏步行進。」

A man's life should be a stately march to an unheard music; and when to his fellows it may seem irregular and inharmonious, he will be stepping to a livelier measure, which only his nicer ear can detect. (The Service：11)

這種無聲的直覺，同樣強調每個人應該跟著自己感覺走。梭羅以為每個人的生命行腳中，都有自己「內心的鼓手」，任隨樂聲而走，不論遠近。

If a man does not keep pace with his companions, perhaps it is because he hears a different drummer. Let him step to the music which he hears, however measured or far away. (Walden：1938)

（三）美德：另外聲音也代表著是趨人向善的美德之聲。「萬物跟隨音樂一如追隨美德。」梭羅將音樂喻美德之前奏，是代表上帝的聲音：

All things obey music as they obey virtue. It is the herald of virtue. It is God's voice. （The Service：10）

梭羅以更具體的「豎琴之樂」，代表「善是永遠不敗的投資；在震盪全世的豎琴音聲中，她激勵我們對善的堅持。」

Goodness is the only investment never fails. In the music of harp which trembles round the world it is the insisting on this which thrilling us. （Walden：1882）

第二節　生命永續循環

梭羅的《湖濱散記》是把二年又二個月的光陰化整為一年，除以四季的循環，代表自然的生命過程，四季的遞嬗也暗喻個人心境的轉換及成熟：一至三月的春寒料峭，經過夏季的生意盎然，轉成秋天的成熟飽滿，最後邁入冬天的沉寂蘊藉，最後又回到來春的萬象一新。因此該作品根本上是一「新生」的祭禮，此一部分梭羅充分以種子、樹葉與果實與四季結合，反映個人一樣的春華秋實、凋

零再生的過程，作出近乎自然詩般的表述及譬喻，不論結構或文字造詣都不難看出梭羅清楚明晰的敘述能力。

一、種子

在四季，由寒入暖，由剝而復的成熟與更新的生命循環中，種子是開端，也是萬物萬象的重新。在梭羅《種子的傳播》（The Dispersion of Seeds）一文中，梭羅自新英格蘭的田野中，藉種子的觀察，傳達了隱藏於自然界的默契——「自由」與「自律」，自然萬物的運作都是在此基礎之上——發乎直覺，但卻不讓人感到知覺；而此一讓大地萬樹更新，延續自然生命的「自然機制」，開端於種子的傳播：

> It is a vulgar prejudice that such forests are spontaneously generated, but science knows there has not been a sudden new creation in their cases but a steady progress according to existing laws. Those laws came from seeds-that is, are the result of causes still in operation, though we way may not be aware that they are operating.[1]（The Dispersion of Seeds：37）

自然機制的法則始於種子，而其中它的釋放、散播到萌芽階段中，更提供梭羅一個更細緻的視窗，體認到其他自然分子：植

---

[1] Henry David Thoreau, Faith in a Seed: "The Dispersion of Seeds" and Other Late Natural History Writngs. Ed. Bradely P. Dean, Washington, D.C.: Island Press, 1993.

物、動物、地理到氣候的和諧參與及運行，梭羅從櫻桃樹將種子置入果被，誘使鳥類吃下再排出，達到傳播的目的，印證自然界一切自有安排的運作，樹木亦是有生命與意識的，它不過借用了鳥之雙翼傳送種子，不待風助了。由櫻桃樹、鳥與風所構成的工作網（network）自發與自律的參與配合與「聯合服務」，梭羅有極為生動的觀察與敘述：

> *See how artfully the seed of a cherry is placed in order that a bird may be compelled to transport it. The bird is bribed with the pericarp to take the stone with it and do this little service for Nature. Thus a bird's wing is added to the cherry-stone which was wingless, and it does not wait for winds to transport it.*（Journal, September 1, 1860）

梭羅也由種子的媒介地位，延伸至個人在自然關係鏈中的角色，所有人應作的事就是配合自然的時辰與循序，學習與自然建立和諧的關係，違反自然，只會導致自然的反撲而自毀：

> *In the planting of the seeds of most trees , the best gardeners do no more than follow nature, though they may not know it... (the best method) doing as nature does.*（The Dispersion of Seeds：38）

梭羅亦用了橡果與栗子落地並排，兩者遵守自然的法則，盡其成長、繁茂，甚至消滅對方，領悟植物不與自然配合，則自取滅亡，人來自於自然，也不當例外：

I perceived that, when an acorn and a chestnut fall side by side, the one does not remain inert to make way for the other, but both obey their own laws, and spring and grow and flourish as best they can, till one, perchance, overshadows and destroys the other. If a plant cannot live according to its nature, it dies; and so a man. (Resistance to Civil Government：1762)

　　種子既是萬物在自然生存的開端，於個人道德也一般，有善始者，必有善果。梭羅並舉布朗為例，在道德天地，撥下善良的種子，善果則是必然，當撥種埋下一個英雄在你的田地，不需我們的澆水與栽培，也必有一群英雄發芽而出的收穫。

In the moral world, when good seed is planted, good fruit is inevitable, and does not depend on our watering and cultivating; that when you plant, or bury, a hero in his field, a crop of heroes is sure to spring up. (A Plea for Captain John Brown：119)

二、葉

　　當春天來臨，冰雪消融，溪流重現地面，四處流動；梭羅視如葉脈的分流，「有如穿著束縛衣服的大地，向四處伸展他新生的

手指」，而聯想葉子作萬物復甦之象徵；無怪「大地以葉子來作她外在的樣貌，她不是一部層層枯葉堆疊的史書，卻有如生命的詩篇，是花、果的先驅」：

No wonder that the earth expresses itself outwardly in leaves. The Maker of earth but panted a leave. It convinces me that Earth is still in her swaddling clothes, and stretches forth baby fingers on every side...

The earth is not a mere fragment of dead history, stratum by stratum like the leaves of book, to be studied by geologists and antiquaries, but living poetry like the leaves of a tree, which precede flowers and fruits,-not a fossil earth, but a living earth.
　(Walden：1928-29)

　　葉：成熟與自我實現。《秋色》（Autumnal Tints）是梭羅一八五三年觀察、記敘新英格蘭林木樹葉顏色的光彩變化，而有 Leave 與 Life 的聯想之作。自春天萌芽，夏季成長、茁壯，梭羅是以十月及十一月的晚秋為核心，觀賞秋葉的豐富光輝，意謂著萬物在這時節都到了最成熟的階段；成熟的樹葉也使自然森林豐滿厚實，因此葉乃「成熟、飽滿」的象徵。

October is the month for painted leaves. Their rich glow now flashes round the world. As fruits and leaves and the day itself acquire a bright tint just before they fall, so the year near its setting. October is the sunset sky; November the later twilight.[2]

（Autumnal Tints：251）

而就個人言，這時也是「自我實現」（self-fulfillment）的收穫時期，瞬間的情緒已經轉化成智慧的穩健，「根、莖、葉閃爍著成熟」，春夏階段的努力已經呈現，個人已見成果。

October answers to that period in the life of man when he is no longer dependent on his transient moods, when all his experience ripens into wisdom, but every root, branch, leaf of him glows with maturity. What he has been and done in his spring and summer appears. He bears his fruit. （Journal, November 14, 1853）

葉：新生的象徵。樹葉的成熟也意識到冬季即臨之枯萎與凋謝，落葉回到大地，合為一體，滋育新土。因此對樹葉的脫離樹體，梭羅不視為是生命結束，不過是生命循環的慶生，梭羅說道：

How beautifully they go to their graves！They teach us how to die. The dry grasses are not dead for me. A beautiful form has as much life at one season as another. （Journal, November 10, 1858）

2　Elizabeth Hall Witherell, Editor-in-Chif,The Writings of Henry David Thoreau：Journal, vol. 5, N.J：Princeton University Press：1906.

梭羅之視人生命之消失一如植物之回歸土地：

For Joy I could embrace the earth.
I shall delight to be buried in it.

梭羅將死亡是看作有如植物四時榮枯循環的延續，而非一走了之的結束，梭羅不過將死亡視為進入另一生命的媒介。「當一年又復一年，經由冬天媒介；我們生命年年的消逝，也是由死神媒介。」

As one year pass into another through the medium of winter, so does this our life pass into another through the medium of death.（Journal, September 8, 1851）

湖濱散記的《春天》篇中，則以草葉歡迎回返大地的太陽，形容是大地內熱的放送，是青色烈火，象徵永恆青春，「她以青綠緞帶的新葉翻覆，取代去年的枯葉」，比喻人類的生命是死於草木的根，卻從它的綠葉中伸出永恆之新生。

The grass-as if the earth sent forth an inward heat to greet the returning sun; not yellow but green is the color of its flame;-the symbol of perpetual youth, the grass-blade, like a long green ribbon, lifting its spear of last year's hay with the fresh life below. So our human life but dies down to its roots, and still puts forth its green blade to eternity.（Walden：1930-31）

三、花、果

　　《野果》（Wild Fruits）是梭羅賞遊新英格蘭森林景緻，而將果實的觀念從最普通的食用與擁有的價值，擴大至「觀賞與享受的樂趣」，鼓勵人們不必行遠，只要留心身邊草木花果環境，十步之內，必有芳草；譬如當梭羅發現早期人類生活所食之白橡果，現今人們雖不再食用，卻依然「與栗果一般甜美，味道有如麵包。」梭羅認為這種找尋果實的探索樂趣，即可將平凡的日子，變得充滿意外與驚喜：

> *The value of these wild fruits is not in the mere possession and eating of them. But in the sight and enjoyment of them ...Most of us are still related to our native fields as the navigator to undiscovered islands in the sea. We can any afternoon discover a new fruit there which will surprise us by its sweet or sweetness.*[3]（Wild Fruits：4）

　　（一）自然之果喻個人生命之果。《野果》文中，梭羅對果實起於「觀賞與享受的樂趣」，繼而誘人深入者，則是找尋與採摘果實過程中的啟發與聯想。《散步》一文中，梭羅表達了「沐浴森林的漫遊，每一次的散步，就是一次救贖（crusade），是找尋人心的『聖地』之旅」；在《野果》，梭羅則轉換而成是另類內陸之『伊

---

[3]　Henry David Thoreau, *Wild Fruits: Thoreau's Rediscovery Last Manuscript*. Ed. Bradely P. Dean, New York: W.W. Norton, 2000.

甸園』之旅，充滿牛奶與越莓，沒有毒蛇引誘的禁果，而是自然之果：

> *It is a sort of sacrament, a communion-the not forbidden fruits, which no serpent tempts us to eat... the true fruit of Nature can only be plucked with a fluttering heart and a delicate hand, a return to some up-country Eden, a land with milk and huckleberries.*（Wild Fruits：12）

　　由草木之果到比喻個人成熟的「人性之果」（Fruit of Human Nature），梭羅在《湖濱散記》以「結果的花」形容人性最善的本質，一樣必須以最精密細緻的心、手，才能摘取保有；梭羅認為終日汲汲於文明俗世，有如機器者，是得不到生命的果實：

> *Most men are so occupied with the factitious cares and superfluously coarse labor of life that its finer fruits cannot be plucked by them. The finest qualities of our nature, like the bloom on fruits, can be preserved only by the most delicate handling.*　（Walden：1770）

　　（二）譬喻性善之花、果：梭羅推崇只有善才是人性道德根本，比擬一個人的善，應有如花果自身而出香氣般的自然天成。一個人的善不能是部份或短暫臨時的行動；否則這是一種藏著多樣罪惡的慈善。

I want the flower and fruit of a man; that some fragrance be wafted over from him to me, and some ripeness flavor our intercourse. His goodness must not be a partial and transitory act. This is a charity that hides a multitude of sins. （Walden： 1807）

在《湖濱散記》〈最高法則〉一章中，梭羅比擬個人純潔有如花朵之綻放，天才、英雄與聖賢則是由此繼起之果實。

Chastity is the flowering of man; and what are call Genius, Heroism, Holiness, and the like, are but various fruits which succeed it. Man flows at once to God when the channel of purity is open. （Walden：1883）

梭羅也以花果分別運用在其他事物之譬喻──「詩」：有如花朵結束後，最甜美之水果。

Most poems, like the fruits, are sweetest toward the blossom end. （Journal, December 30, 1841）

（三）譬喻政治之花、果：梭羅也同樣將他對政治的理想以花、果來作譬喻，寫作安排上，梭羅習慣在文末，將他對理想國度之內容與人心純真與道德之迷失，以果、花形容比喻。

在《沒有原則的生活》，梭羅認為政治在人民生活中是應該是最讓人「無感」而治的事情，政治應屬人類低層次的範圍，是屬於植物界的事：

Those things which now most engage the attention of men, as politics are vital functions of human society, but should be unconsciously performed, like the corresponding functions of the physical body. They are infra-human, a kind of vegetation.
（Life Without Principle：1989）

在《麻州的奴隸》，梭羅痛心於麻州官民違背道德與個人良知，對逃奴法的妥協與麻木不仁，不敢勇於發動「道德的革命」。全篇充滿悲憤、失望的心情發洩，梭羅在文末，則以「水蓮（water-lily）」啟發個人只要展現純潔與道德的行動，一樣可以重回真實的生命。梭羅將現行人心之敗壞、墮落暗喻有如水蓮莖幹外部之虛弱與污穢，然而，季節一到，水蓮花開，香氣綻放，就可一掃先前之不完美，卓然不染：

But it chanced the other day that I secured a white water-lily. It is the emblem of purity. It bursts up so pure and fair to the eye, and so sweet to the scent, as if to show us what purity and sweetness reside in the slime and muck of earth....The foul slime stands for the sloth and vice of man, the decay of humanity, the fragrant flower that springs from it, for the purity and courage which are immortal. （Slavery in Massachusetts：1953）

　　《公民不服從論》中，當梭羅以想像般的口吻，敘述他心中「完美與光榮之國度」是國家對待人民如同對待鄰居般尊重，且能容忍人民對國家之疏離、不願介入或不受其擁抱。「一個國家若能結此果實，並在它成熟時任其它盡快脫離，便是邁入完美與光榮之國度。」

I imagining a State at last which can afford to be just to all men, and to treat the individual with respect as a neighbor…, if a few were to live aloof from it, not meddling with it, nor embraced by it, .. A State which bore this kind of fruit, and suffered it to drop off as fast as it ripened, would prepare the way for a still more perfect and glorious State. (Civil Disobedience：1767)

第三節　回歸自然本質

一、鳥

　　梭羅在自然界的交遊之中，對故鄉康考特各種鳥類觀察入微，書中譬引，不勝枚舉。梭羅對鳥之情有獨鍾的偏愛引用，可見他在一八五八年十一月二十二日，寫給友人 Daniel Ricketson 信中說

道：一個人單獨於一隻青鳥的興趣，相較一整個城鎮中之其他動、植物，更有價值。

除以植物作四季循環的「新生」之喻，梭羅生活中與鳥類共處的親近熟悉，讓他輕易也刻意的展露這份專業，運用鳥與其鳴聲，作四季等自然現象的比喻及聯想。

（一）鳥與四季——春：梭羅以「春天的第一隻燕子」，開始每年的希望，又以藍鳥、燕子及白頭翁銀鈴般的美妙鳴聲，催走冬天最後一片的殘雪。

> The first sparrow of spring! The year beginning with younger hope than ever! The faint silvery warblings heard over the partially bare and moist fields from the bluebird, the song sparrow, and the red-wing, as if the last flakes of winter tinkled as they fell! (Walden：1930)

夏：以鷹之風馳電掣，喻為畫裂天際，呼嘯而過的疾風，作為夏天樂章的前奏，象徵活力夏天的到來。

> Heard two hawks scream.....like a prolonged blast or whistling of the wind through crevice in the sky.... Such are the rude note that prelude the summer's quire, learned of the whistling wind. (Journal March 2, 1855)

鷹是梭羅最愛比喻自己理想的代表，因為鷹的優雅、高貴與如詩般的遨翔天際，是他最渴望的單獨自由想像：

On the 29th of April, as I was fishing ... I observed a very slight and graceful hawk soaring like a ripple and tumbling over and over, showing the underside of its wings, which gleamed like a satin ribbon in the sun, or like the pearly inside of a shill. This sight reminded me of falconry and what nobleness and poetry are associated with that sport. It was the most ethereal flight I had ever witnessed. It was not lonely, but made all the earth lonely beneath it.（Walden：1933）

梭羅在他第一次感受走入自然的「聖地（Holy Land）」，也以孤獨滑翔的蒼鷹喻己：

The sun sets on some retired meadow, where no house is visible, with all the glory and splendor that it lavishes on cities, and, perchance, as it has never set before,-- where there is but a solitary marsh-hawk to have it wings gilded by it.（Walking：1976）

秋：月鳥（phoebe）則是夏天到來的使者，因為他會先到梭羅家中「check in」。

On the third or fourth of May. ...The phoebe had already come once more and looked in at my door and window, to see if my house was cavern-like enough for her, sustaining herself with her humming wings with clinched talons, as if

she held by the air, while she surveyed the premises.
（Walden：1935）

然而月鳥（phoebe）也是宣告送走夏天，迎接秋天的使者。

I hear part of phoebe's strain, as I go over the railroad bridge.
It is the voice of dying summer.（Journal, August 26, 1854）

冬：以 chickadees 和堅鳥喻為冬之號角，其聲有如鋼鐵般冷峻，奏出有如冬季天幕，硬、冷、密、實的樂章，像似冬天中，一組藍衣服飾的重金屬樂團。

You hear the lisping tinkle of chickadees form time to time and
the unrelenting steel-cold scream of the jay, a sort of wintery
trumpet, screaming cold; hard; tense; frozen music, like the
winter sky itself; in the blue livery of winter's band.（Journal,
February, 1854）

（二）鳥鳴的想像──鳥不但是梭羅獨居季節時，親密共生的伙伴，梭羅也以鳥類形象與聲音作其他聯想。而其中，梭羅最情有獨衷者則為畫眉，聲如樂章，是長生藥與靈魂的青春之泉，振奮、啟發與影響梭羅思想、冥想到想像的流動：

This is the only bird whose note affects me like music, affects
the flow and tenor of my thought, my fancy and imagination. It

lifts and exhilarates me. It is inspiring. It is a medicative draught to my soul. It is an elixir to my eyes and a fountain of youth to all my senses. It changes all hours to an eternal morning.（Journal, June 22, 1853）

夜晚貓頭鷹鳴叫，代表我們人類最廣大深邃自然中，神秘未竟之思想：

I rejoice that there are owls. Let them do the idiotic and maniacal hooting for men. It is a sound suggesting a vast and undeveloped nature which men have not recognized. They represent the stark twilight and unsatisfied thoughts which all have.（Walden 1843）

而鳥聲的音符，有時成了安撫梭羅情緒失落的療傷之物：

When we have experienced many disappoints, such as the loss of friends, the notes of birds cease to affect us as they did.（Journal, February 5, 1859）

金鶯鳥與食米鳥之季節的鳴聲，他們不是花朵綻放，而是種子成熟的聲音，代表自然穀倉收成的音響。

The tinkling notes of gold finches and bobolinks are of one character and peculiar to the seasons. They are not voluminous flowers, but ripened seeds of sound. It is the tinkling of ripened grains in Nature's basket. （Journal, August 10, 1854）

二、木

　　梭羅是一位強烈濃厚的愛國主義者，他對美國國力與樹立本土民族文學，所自信憑藉者，就是美國擁有地表上，最原始的自然與森林巨木。因此，木在梭羅作品中，有兩大象徵意義：一、在《散步》文中，梭羅不斷歌頌與提醒美國人民——巨木是美國最大的國家寶藏，與歐洲較，梭羅極為自豪美國擁有西方最多超過三十呎的巨木樹種，藉此表達了美國的「獨特主義」，就是建立在世上沒有比美國有更肥沃、富裕及多樣的自然天地——「美國有更藍的天，更清新的空氣、更大的月亮、更明亮的星光、更響亮的雷聲、更傾盆的大雨、更長的大河、更寬廣的平原，更高聳的山岳、更巨擘的林野。」（Walking 1963），是個人回歸「野性」本質之沃土，美國可憑藉孕育出更多的詩人、哲學家，如孔夫子與荷馬，體現美國在理想與道德的獨特優越性。

　　這也是梭羅痛心美國在工業化的同時，人心身陷物慾，精神空洞化而不自知，尤其是鐵路擴張下的伐木，更是森林的最大之敵，因此，木的第二涵義，也成了梭羅另類「不願面對的真相」的呼籲——雖然梭羅所警告毀壞森林乃在毀滅個人心靈的孕育場所與現代人類在「全球暖化」威脅下，所強調的環保意識，其實並不一致，然而更具「治本」的啟發。

（一）巨木與梭羅

梭羅與自然的交流中，常與柏、樺樹有約，視巨木是有機生命體，不辭風雪，有如拜訪老友。

> But no weather interfered fatally with my walk, for I frequently tramped eight or tem miles through the deepest snow to keep an appointment with beech tree, or a yellow birch, or an old acquaintance among the pines.（Walden：1906）

「仁者樂山，智者樂水」，詩人是松樹最好的朋友，而非伐木工，伐木看重者是樹木的經濟價值，而詩人所共鳴者則是樹木帶來的生命精神。

> Is it the lumbermen, who is the friend and lover of the pine and understands its nature best？No. No. It is the poet; he it is who make the truest use of the pine...It is not their bones or hide or tallow that I love most. It is the living spirit of the tree, not its turpentine, with which I can sympathize, and which heals my cuts.（"Chesuncook" in The Atlantic Monthly June July August 1858）

十九世紀中美國進入全面的工商大盛，梭羅甘冒世俗眼光，即主休閒重於工作的觀念。梭羅藉木樹諷刺當時人心之鑽營工作，一

個人如半日優遊於林中，得付出不事生產的嘲笑代價；而入林砍伐謀利，則是勤奮有事業心者。

If a man walks in the woods for love of them half of each day, he is in danger of being regarded as a loafer; but if he spends his whole day as a speculator shearing off those woods and making earth bald before her time, he is esteemed an industrious and enterprising citizen. As if a town had no interest in its forests but to cut them down! (Life Without Principle：1977-78)

（二）木的環保意識

梭羅憂心美國十九世紀中，工業化的蓬勃，帶來人心的物質腐化與自然森林的砍伐是最大國家的損失，而鐵路的建設是威脅森林消失，這是文明開發的代價付出。

The cars on our railroad, and all their passengers, roll over the trunks of trees sleeping beneath them which were planted years before the first white man settled in New England. (Journal, November 21, 1860)

除松樹外，榆樹是常見梭羅請命的樹種，因為它已成了梭羅口中的「村莊木」(villageous trees)，是居民蓋屋之必選建材。

In the twilight, when you can see only the outlines of the trees in the horizon, the elm-tops indicate where the houses are.

有一個人是帶著筆與歌聲進入自然，就有一千人是以斧、槍入林。

For one that comes with a pencil to speak or sing, a Thousand come with an axe or rifle.（The Maine Woods：54）

我恐怕一世紀後，在這田野散步的人根本無法體會踢著地上野蘋果的樂趣。哎！可憐的人，有太多的樂趣他將不知道。

I fear that he who walks over these over these fields a century hence will not know the pleasure of knocking off wild apples. Ah, poor man, there are many pleasures which he will not know.（Wild Apples：15）

一八四三年，梭羅為挑戰艾芝樂 （J. A. Etzler）相信一個未來人類的烏托邦，是可以建立在機械文明的「機器體制」（mechanical system）之上，提出「綠能」概念——人應及早使用風、潮、波浪、太陽這些自然力所提供之能量。在「節能減碳」的二十一世紀，看到梭羅的遠見。

A few of the most obvious and familiar of theses powers are the wind, the Tide, the Waves, the Sunshine. Every machine seems a outrage against universal laws.（Paradise to Be Regained：231）

三、獸

　　力主回歸自然，從最初人類的原始野性，找回人性的本質；
梭羅一直有著為獸的渴望，認為是最能融入與享受自然的方
法，因為「自然本是野性與自由。」（Walking：1967），梭羅視
自然與人類是母與子的關係。在《散步》一文中梭羅感嘆美國
有最原始之山川處女林地，然今人卻急於離開以「豹」為喻之
自然母親，投入社會的懷抱，發展人與人的關係，造就有限膚
淺的文明：

> *Here is this vast, savage, howling mother of ours, Nature, lying
> all around, with such beauty, and such affection for her
> children, as the leopard; and yet we are so early weaned from
> her breast to society- a civilization destined to have a speedy
> limit.*（Walking：1971）

　　梭羅對自然的瘋狂迷戀與自認尚未完全退化的原始野性及野
外自然的「異稟」，讓愛默生（R. D. Emerson）感到印象深刻——
梭羅不論是目測樹木的高度，河湖深淺，動物體重，極為精準；
在森林間遊，有如野獸般自在從容，暢所欲行，認為「梭羅在麻
薩諸塞人世文化的絆擾下，無法生為森林之獵狗、豹，才寄情於
林野，多識草木與鳥獸魚蟲」：

He [Thoreau] confessed that he sometimes felt like a hound or
a panther. But restrain by his Massachusetts culture, he played
out the game in this mild form of botany and ichthyology.

By R. Emerson in Thoreau

梭羅找回體驗人類最原始的本性，不只認真以獸自居，真正
融入自然，他把他的湖濱生活就比擬是「野獸生活」。舉例「羅馬
人始祖羅慕洛斯與雷慕斯是由野狼餵養，不是無稽神話。每個國
家的祖先取得的養食與活力的來源都是來自野生。」

Our ancestors are savages. The story of Romulus and Remus
being suckled by a wolf is not a meaningless fable. The
founders of every State which has risen to eminence have
drawn their nourishment and vigor from a similar wild source.
（Walking：1964－65）

在吃方面，「人可以像野獸一樣以簡單的食用，維持健康與
體力」：

A man may use as simple a diet as animals, and yet retain
health and strength.（Walden：1800）

梭羅曾與友人嘗試學習「松鼠」吃堅果：

We tried our teeth on many a nut which wise squirrels have long since abandoned, for those which have the thickest shells are commonly empty.（Walden：1907-08）

梭羅也企圖實驗回復到「食草」的欲望：

And now that I have discovered the palatableness of this neglected nut, life has acquired a new sweetness for me, and I am related to the first men. What if I were to discover also that the grass tasted sweet and nutritious? Nature seems friendly to me.（Wild Fruit：182）

住的方面，梭羅則以居所有如「鳥巢」般開誠佈公，最見誠意：

A house whose inside is as open and manifest as a bird's nest, where to be a guest is to be presented with the freedom of the house, and not to be excluded from seven eighths of it, shut in a particular cell, and told to make yourself at home-in solitary confinement.（Walden：1895）

除以豹喻自然之母，梭羅感慨人自出生便被制度、傳統束綁，不如出生於原野，受「野狼」哺育，則有看待萬物更清明的視野：

Better if they had been born in the open pasture and suckled by a wolf, that they might have seen with clearer eyes what field they were called to labor in.（Walden：1769）

《散步》一文中，梭羅以走入森林野外的散步，不只是健身，亦是健心，每一次的散步自然，就是一次前往「聖地」（a la saint terre）的救贖，梭羅以「駱駝」譬喻散步的心法，因為只有駱駝是惟一在行走中，同時亦能沉思的動物：

You must walk like a camel, which is said to be the only beast which ruminates when walking.（Walking：1956）

自然生活重在獨處，梭羅也以「蜘蛛」自比，終日在閣樓一角，享受自己無垠的思想世界：

God will see that you do not want society. If I were confined to a corner of a garret all my days, like a spider, the world be just as large to me while I had my thoughts about me.（Walden：1940）

梭羅也自比為奔馳於原野林間而非人為道路的「馬」，因為踏著既定的人行道路，是得不到與自然的啟發交會：

Roads for are made for horses and men of business. I am a good horse to travel, but not from choice a roadster.（Walking：1958）

梭羅為找尋永生之日，自比「蜜蜂」，不斷尋採自然之甜蜜：

I am like a bee searching the livelong day for the sweets of nature.（Journal, September 7, 1851）

梭羅漫步湖邊，巧遇彩虹，七彩顏色灑滿低空，將葉樹渲染的色彩繽紛，光華耀眼，宛如透明的彩色水晶，彩虹閃爍下的湖面，梭羅幻想自己有如其中的「海豚」：

Once it chanced that I stood in the very abutment of a rainbow's arch, which filled the lower stratum of atmosphere, tinging the grass and leaves around, and dazzling me as if I looked through colored crystal. It was a lake of rainbow light, in which, for a short while, I lived like a dolphin.（Walden 1874）

梭羅確信「自然的重要性是她會對我產生影響。沒有感受的東西，雖視而不見」，這透露出梭羅觀察自然界萬物時，感受到她們與人的生命是相連一貫，絕不是各自分立或靜態的個體存在，自然有四時——生死枯榮的循環成長，人也有其中生命循環的教化。因此，梭羅一生思想找尋者，不外是個人內心世界的永恆之路；同時也提醒人與自然一體的概念，人非自然惟一的中心。自然萬物發乎直覺與有序的運作及互動，一直吸引著梭羅將各種自然現象的過程與關係，效法到個人的「自我教化」，再到政治社會上主張以個人良知與道德有如自然萬物，發自內在，自由運作的可行。

第六章　梭羅的「最小政府」思想

　　一生由疏離至現實的關懷進程中，梭羅因疏離意識所生之烏托邦思想不只呈現在他湖濱生活中，所渴望建立一自覺而不外求的個人精神世界；此一烏托邦的想望，同樣地，也延續到他政治的理想追求，而有他「最小政府」的思想設計，並在現實化的過程中趨向可行與具體。梭羅直到他生前最後發行之《沒有原則的生活》中，有別柏拉圖之「理想國」（Republic），方首度以「個人國」（Reprivate）（Life Without Principle：1987），為他未來的政治理想國命名。

　　梭羅「個人國」的「最小政府」思想之兩大理論支柱，是建立在──「權宜統治」論與「公民不服從」論之上。「權宜統治」是梭羅政治烏托邦的理論架構。梭羅並非無政府主義者，他無絲毫去政府化的主張，梭羅在《公民不服從論》乙文，開始就自承他衷心接受麥迪遜所主之「最好的政府是管得最少政府」，梭羅甚至認同美國「代議共和制」仍是與當時其他國家政體，相較上優越的政治制度；而他要的不過是一個比現在「立即且更好的政府」；梭羅改變政府至「權宜」的位階，梭羅以為所有政治的產物：政府、法律、公務官員，沒有權力論斷道德與正義，因為理想之政治國度是以「個人良知」而非法律，作最高運作法則，但現今民主之政府卻利用投票下之多數決，將正義與道德可以變質成權宜、妥協的法律、政策，

扭曲個人良心與自由在民主政治的核心價值。梭羅將政府定義不過是「權宜性」的存在，是將「個人自由」極大化與「政府權力」極減，更勝建國先賢之「政府越小，則個人自由越保」至理，也就是當一切能以個人良知與道德為治之時，「最好的政府是什麼都不管的（最小）政府」。

梭羅另一支柱思想就是「公民不服從論」，基本上解析梭羅「不服從」思想形成，可自兩大淵源理解，首先，反抗民主政府的最早概念源自希臘柏拉圖《理想國》之克力同篇（Crito）與申辯篇（Apologia），記載蘇格拉底受審時，蘇格拉底堅持法律是個人與政府的契約思想，寧可以死，以示不公審判。對蘇格拉底之「惡法亦法」的態度，梭羅卻是改以「惡法非法」而獨特；另外，梭羅的反政府概念也來自傑佛遜（Thomas Jefferson）的激進民粹思想，面對一個違反個人良知的政府，人民有權加以推翻，惟梭羅又主以非暴力不服從，而非傑佛遜以「愛國者及暴君之鮮血」而更影響後世。

總之，分析梭羅政治「最小政府」思想的溯源，除前述之超越文學與東方中國哲學思想的影響，直接言，由梭羅自述可見柏拉圖與美國先賢傑佛遜及麥迪遜（James Madison）對他政治思想的認識與形成影響最大。前者給予了他在批判民主政治的啟發，因此，質疑美國代議共和（Representative Republic），不過是扭曲個人良知之多數暴力，並非民主真諦價值；然梭羅基本還是以傑、麥「獨立宣言」所揭示之代議共和制理想為改革思考藍圖，尤其在梭羅愈趨現實的政治發展路程中，即是傑佛遜的「小」政府設計思想，給予了他相當大的影響。如梭羅主張以暴力推翻不義政府之激進思想，或傑佛遜以印地安人僅以「生命、財產、自由」，建立最簡單

的政府政治，到梭羅最後接受之「鄉鎮」（township）理想國模式，可說很大成份是以傑佛遜為師。

第一節　走出林外的探索

梭羅所欲打造之個人文學的精神生活，理論上，是遺世而獨立的，但梭羅絕非自視清高孤岸的隱士，心境上，還是有隨時回歸社會，不願隔絕於世的念頭。一八四七年九月，梭羅決定結束湖邊獨居，急迫走出只侷限在林木之間的文學心靈國度：

> 我決定結束湖濱森林日子的理由，一如我當初開始它的原因。因為我有更多的生命空間有待經歷，而時間卻苦短；人是多麼容易與快速地就耽溺在既定成俗的道路，我更不願固步自封，作繭自縛於窠臼之中，好比從我門前到湖邊的小徑，不到一周的踏行，路徑就清楚可見，一如傳統與制度的深入，同樣地，我實不願後代世人因循著我的舊路。（Walden 1937）

邏輯上，梭羅既號召世人掙脫傳統制度束縛，回歸完全的個人自由與良知，梭羅企圖在湖邊為後世立下生活的規範，豈不自我牴觸。性格上，梭羅嚮往積極豐富的生命，反對一成不變的生活，這個探索的衝動使「每個人每天都應自遠方，帶著不凡的冒險經歷與驚奇發現回家。」（Walden：1877）。一八四八年，梭羅正式回歸社

會一年後，發表《公民不服從論》，是宣示他後半生政治廢奴運動
的投入。

梭羅「獨善其身」的個人理想擴變成「兼善天下」的政治改革，
轉而以政府取代個人成為改革的對象，導火關鍵是奴隸制度與來自
他對美國政府支持奴隸制度越來越加深的疑懼，這使梭羅意識到在
個人自由沒有充分保障下，自我改革根本亦是空談與不可行。

> 對我而言，當麻州政府將無辜之人推入奴隸世界，我舊日之
> 前的追求與對生活的投注，已大為不值。（Slavery in
> Massachusetts：1952）

梭羅對此打了一個比方，「好比當你發現你所擁有的雅緻圖書
館（喻湖畔森林）竟在地獄（喻麻州）之中，你的生活也是毫無價
值。」（Slavery in Massachusetts：1952）
奴隸制度自古皆有，但美國之黑奴制度卻有著極不尋常之處：
第一、不同於一般因戰俘或債務成奴，美國奴隸身份竟以膚色決
定；第二、在一個標榜自由、人權社會制度的矛盾下，它迫使南方
必須用盡一切合理藉口，扭曲黑人是「低劣」、「有罪」的人種及天
生奴隸；其所造成之刻板印象，至今仍存在極多數美國人心；第三、
羅馬帝國時期，曾為奴隸的人與其後代，並沒有像美國黑奴即使成
為自由人後，仍有抹不掉的歧視與恥辱的烙印。這自使以美國是個
人得享有無限自我空間而獨特且自傲的梭羅痛斥奴隸是最天理不
容的人類制度。
黑人儘管是最早進入美國移民（雖屬非志願性）之一，當一
七七六年革命之檄文《獨立宣言》義正詞嚴「人生而平等，享有

不可剝奪之生命、財產與追求幸福的天賦權利。」時，黑奴制度卻諷刺的正大行其道於斯土，事實上，當時執筆之傑佛遜甚至華盛頓本身即為大奴隸主；一七八七年完成之美國憲法條文的「3/5條款」（Three Fifths clause）上，明訂黑人只等於 3/5 個人，黑奴只是「會說話的牲口」，美國夢不是他們所能擁有的。早期美國人道主義者，尚能在良心驅使下將黑奴送返非洲，建立國家，譬如賴比瑞亞（Liberia，意即自由，其國旗亦仿美國星條旗製作，惟只有一星）。但十八世紀起，南方農作採行煙草及棉花單一作物之大量種植的莊園經濟後，由於黑人在體質條件上最能適應南方高溫多濕氣候與抵抗熱病，南方經濟開始與黑奴制度結為密不可分的一體，尾大不掉下，南北政治人物達成『一八二〇年妥協案』，相約在美國領土畫下一道 36 度 30 分緯度線，該線以北禁止奴隸制度，以南可以，一國兩制，美國形同實裂。此一妥協案，讓梭羅驚訝美國政治人物是毫無面對真理與道德的勇氣，竟將不可「權宜」之良知與道德的奴隸問題，做此最不人道、天理難容的妥協，民主政治之詬病莫此為甚。

　　奴隸問題的愈加複雜，自不只侷限於人道的範圍，由於單一作物的大規模種植，易竭盡地力，南方急需西進另闢新土，新土闢，則該土可否施行奴制？成了南北不只是經濟、道德的爭議，亦攸關政治權力——因支持奴制州的加入，導致國會席次分配的競逐。而隨著美國南北雙方的政治拉拒劇烈，梭羅對政府剝奪人民自由而逐步加劇之政治疑懼，始自一八四六年五月，美國終於刻意發動墨西哥戰爭，巧取了支持奴制的德克薩斯，此時梭羅正當耕讀華爾騰湖邊，意識到政府違背個人自由之大害，而覺醒美國政府已不再是以保障個人自由道德為己任的權力公僕，同年，七月，梭羅以政府違

背「個人良知」為由，拒絕繳稅抗議，結果被拘捕入獄，有如他於十九世紀時，美國資本主義在一片叫好聲中，他卻看見是人心墮落的大駭，奴制卻使梭羅方才認識了「我所居住的麻州，我一刻都不願承認這個支持奴隸的政府是我的政府。」（Civil Disobedience：1754），乃憤而發作《公民不服從論》，獄中，他嘲笑麻州政府，圍牆限制的不過是血肉之軀，卻關不住自由人心，決心對麻州進行「沉默的宣戰」（Civil Disobedience：1764），這對梭羅決定結束林中獨善其身，走入社會進行政治的批判，有著極大的影響，他在《湖濱散記》中敘述了：

> 自一八四二年起，我就拒絕繳稅，……因為我無法承認一個以販售男、女與小孩，如同在華屋前買賣牛隻畜牲政府的合法性。（Walden：1858）

一八四八年，梭羅《公民不服從論》是有關他政治思想最完整之論述。文中，梭羅批判的對象是人世最惡之奴隸制度，梭羅疾呼這個國家已有六分之一人口是奴隸，麻州憲法非人道地認同奴隸制度，個人良知與道德已不是政治最高原則，是可以妥協權宜，民主政府已是邪惡根本，州民實無繼續服從其法之必要，文末並表達一「光榮與完美」之理想國度渴望，「然而，卻尚未出現」以終。

另外，激使梭羅投入政治的還有他天生的愛國主義，而支持奴隸制度的國家是根本無法讓梭羅引以為傲的美國「獨特優越」仍有其合理性的。當一八五〇年美國國會繼續通過「逃奴法」，一八五四年，再度通過支持蓄奴制於堪薩斯與內布拉斯加兩新州法案，梭

羅愛國憂慮，使原先欲去人心之奴性的梭羅，轉而應該先去除奴隸制度於美國，而越加激進。在《麻州的奴隸》有清楚的自白：

> 儘管我從不尊重與我近在咫尺的政府，我只要關心自己的事情，無視於政府的存在，我還是愚蠢的相信我可以設法的在這裏生活下來。但最後我發現我要失去一個國家了！
> （Slavery in Massachusetts：1952）

之後在《散步》一文中，梭羅出於「愛國與忠誠」，所務實提出兼容自然與現實社會之「邊界生活」論，目的即是合理化他從事政治解奴之參與；平行於解奴的目標，梭羅同時設想之政治烏托邦國度的建立，由理想的慣性上言，也是將他文學實驗中——個人疏離的簡約道德生活，延續應用他政治思想之上。

第二節　梭羅「權宜統治」理論與淵源

梭羅「權宜統治」論，此一代表梭羅政治核心思考者，本質上，除了是梭羅在湖濱進行個人文學烏托邦的政治延續外；其理論形成及淵源亦與梭羅受到柏拉圖及蘇格拉底思想影響，直接啟發他對民主政治的批判，進而以傑佛遜與麥迪遜的美式「代議共和」制，為後續的思考與改進根本。

梭羅定義政府的成立不過是一種「權宜設施」（Civil Disobedience: 1753），而衍生「權宜統治」政治理論。他為反駁培

里（William Paley）之《服從公民政府的義務》（Duty of Submission to Civil Government），認為培里所提反對政府的行動應該考量整體社會為此付出的不便利（inconvenience）成本考量。梭羅提出社會還有相當多之領域即：良知、道德與正義，是不在政府「權宜統治」（rule of expediency）下，以多數決論定：

> 一個「多數決」政府不是正義之政府，我們難道不能擁有一個政府是以良知，而不以「多數決」決斷是、非，置多數決只能侷於非道德事務之「權宜治理」為用。（Civil Disobedience：1753）

　　明顯地，梭羅是繼承希臘政治學長久以來對民主政治的真諦──正義、良知與多數決之法律的兩者爭議。梭羅在批評美國人閱讀上的「毫無品味（no taste）」時，就特別推崇「希臘羅馬古典讀物」，其中「柏拉圖言語之不朽有如金科玉律，我架上的『理想國』，是最古老智慧之語。」（Walden：1824）

　　梭羅受柏拉圖對民主政治之人性庸俗化與多數暴力扭曲真理之看法影響，而生「自民主再走到下一個更好的生活制度？」的思考；梭羅界定政府的權力是排除在決議道德與正義的事務之外，而應以個人的良知為斷，而非「權宜下」的多數決法律，才是達到正義國度的價值標準，可見，梭羅之「權宜理論」雖受柏拉圖理想國相關啟發，卻更具超現實之理想意味。

　　柏拉圖之《理想國》（Republic），是就政治問題思考下，經由蘇格拉底的一連串對話論理之衍繹，提出民主政治的負面批判，如：人性散漫、多數暴力制度，由此追求一個是以正義與道德作民

主真諦的理想國度。希臘語言與文學專家威廉洛頓教授（William C. Lawton）提出其核心探索者乃「正義的真諦與定義？（nature and definition of justice）」[1]，蘇格拉底以城邦是個人的放大，因此，有什麼樣的個人，就有什麼樣的城邦，反應出來的是一個以「倫理心理學（ethical psychology）」為基礎之政治哲學；而梭羅正是自始就以社會改革，取決於個人的「自我教化」，在「簡約生活」中以追求個人良知之自發而不外求，個人以道德行事，則社會隨之完美；最終發展出一個民主政治制度下以個人良知與正義而非法治生活之「個人國（Reprivate）」。

柏拉圖以「真正知識必須是求取品格（character），也就是美德（virtue），而一切罪惡愚行皆來自無知（ignorance）。」[2]基本就是梭羅追求之政治哲學。哲人柏拉圖批判民主政治不過是一種只比暴君統治略勝一籌的政治形式，民主制度下就是放任，人民想作什麼就作什麼，缺乏節制的生活制度。柏拉圖在《理想國》一書中如此形容民主政治：輕薄浮躁的態度踐踏所有理想，完全不問一個人原來是幹什麼的、品行如何，只要他轉而從政時，宣稱自己對人民一片忠心赤誠，就能得到尊敬和榮譽。這看來是一種討人喜歡的、沒人統治而又多采多姿的政體……這些類似的特點就是民主制度的特徵。這種政體不加區別地把一種平等給予所有的人，不管他們是不是真的平等。

在《理想國》第四章，蘇格拉底將「正義與不義於人之靈魂比擬如疾病與健康於人之身體。因此不同的靈魂而有不同的政

---

[1] Benjamin Jowett, The Republic of Plato： An Ideal Commonwealth (NY :the Colonial Press, 1901), p. vii.

[2] Benjamin Jowett, The Republic of Plato： An Ideal Commonwealth , p. vii.

府。」[3]。蘇格拉底則就民主政體下，根據人之慾望，相應產生之人格特質，分成兩類：一種是必要的慾望，如維持基本生活的衣、食，應該以簡單、儉約為原則，加以滿足；另一類則是佳餚美饌，充滿奢侈與慾求，阻礙靈魂對智慧與道德的追求，必須透過教育加以抑制與去除。

繼柏拉圖而起的大哲學家亞里斯多德（Aristotle）同樣對民主政治語多保留。他曾將政體分成兩大類，一類是以全體利益為依歸的正當政體，一類是以統治者利益為依歸的偏差政體。民主政治勉強可算是偏差政體中比較像樣的一種（略勝於暴君制及寡頭制），但保證是正當政體中最差的一種（比不上君主制及貴族制），因為它並不特別鼓勵德行的培養，只以人數多寡定是非。

梭羅反抗美國社會主流之資本主義價值，覓居湖畔森林追求個人道德精神，作為重返政治社會的批判者，雖然認為「相對其他國家政府制度，美國政體是比較上的正直（decent）」，梭羅卻並不完全認同民主政治的優越，梭羅質疑民主政治者，首先，不以為民主是人民生活方式之最後選擇：民主是政府最後可能之選擇嗎？。梭羅以為人類生活方式「自獨裁至君權再演變到民主的道路上，自民主再走到下一個更好的生活制度，自是人類當然之追求。」（Civil Disobedience：1767）

梭羅亦認同民主制度下之多數暴力，已經危害個人自由與良知的發展空間：

---

[3] 同上, p.135.

一個自由、理性國度之到來，非要她認同個人才是最高與獨
立之權力，是一切其他權力與權威的來源。……正義不是靠
多數意志達成，一個以多數決為治的政府是不會基於正義行
事。多數的民意決非最明智的，對少數言，也不是最公平的，
多數決不過是最強勢地位者的多數暴力。（Civil
Disobedience：1767）

　　至於「多數人意志代表者之手段——法律，向來是壓抑前瞻與
智慧的手段。」（Civil Disobedience；1758）。公民有必要聽從於立
法者嗎？那為什麼每個人還要有良知？　與其養成尊重法律的習
慣，不如養成尊重權利的習慣。梭羅相信有獨立思考與自由意志
者，何需依靠政府之法律而生活，個人之道德、良知當超越人為的
法律，人們應該遵守內心的律法，而非人為制定的法律。梭羅以美
國立法者只會玩弄「文字遊戲」，而警告美國人民再不解放法律，
美國國勢終將不保。（Civil Disobedience：1767）。梭羅以美國從拓
荒時期、征服大西部與貿易開拓，都是在個人自由之下，所建功業。
人民固有的品格，已經完成了許多事，要不是政府從中阻礙，有如
在鐵軌上放置障礙者，他們應該還會做得更多。
　　從柏拉圖、亞里斯多德不信民主之可貴，乃民主採奉多數決之
眾人意志而非真理、正義，除是柏拉圖意謂「假平等」的多數壓迫，
梭羅則是憂慮因此而陷「道德與正義」於「權宜」之弊。梭羅批判
美國民主「代議」政府的多數決弊害，歸諸其核心制度——投票。
針對此民主制度咸認最公正之措施者，梭羅卻發現投票只是投票人
用以表達他認定何者對、錯的看法，但無法堅持最終正義道德之勝
利，因為最後決定對錯，是委以多數決，這就是「權宜」：

> 投票不過是一遊戲，毫無道德成份，而投票也不是道德的堅
> 持，品格不在決定之列，道德成了權宜之事！而有智慧與良
> 知之個人是不會讓正義公平依賴在機會及多數意志的施
> 捨。（Civil Disobedience：1756）

而民主代議政治的低落與無效率，梭羅也發現出在投票效果
上，不過是把兩種極端──優與劣的政治人物都選出來，改變不了國
家的狀況：

> 國家的命運不取決於你我的如何投票；因為最好與最壞的都
> 一樣會當選。（Slavery in Massachusetts：1951）

柏拉圖以人性的墮落與多數決制度憂慮民主品質之低落，梭
羅則擔心民主發展的偏差，將使道德及正義可以妥協與權宜，政
府太容易為少數人所把持，而濫權行不義之事，促使梭羅走上政
治改革道路之墨西哥戰爭的發動，就是一惡例。因此，理想國追
求之道，柏拉圖相信人類裡會有人格完美，無瑕智慧，通曉天地
的超人，所以他提倡「哲君（The King of Philosophy）」，他相信
人類生來理智能力有高下之別，理智較高者可以透過辯証法的訓
練掌握真理，資質平庸的人只會有各種意見，看不到真理。他認
為智慧高人一等者應該領導智慧較差者，這不僅符合自然之道，
也是最能促進城邦整體福祉的安排。民主政治蔑視真理，盲從於
社會主流意見；拒絕讓擁有聰明智慧與政治知識的人治國，硬要
把統治權交給平庸大眾輪流行使，其結果當然只會使城邦分崩離
析，正義蕩然無存。

在《散步》一文中，梭羅也贊同柏拉圖之「哲君」意旨，相信詩人與哲學家是美國偉大之依賴者，「美國獨特與優越的未來，正是有賴原始天地的自然，孕育創造出更多哲學家、詩人有如荷馬與孔夫子。」（Walking：1967）。至於民主人性中之「奢侈與慾求，阻礙靈魂對智慧與道德的追求」，梭羅政治邏輯亦重視所謂「智慧的少數（wise minority）」，而否定民主多數決統治的定律，這是因為個人良知、正義與道德，已被民主多數制度暴力扭曲為可變通與妥協，而轉移強調「少數人」的智慧與遠見：

> 往往思考獨立與執著個人自我道路者，如改革人士或愛國者卻被打為異端，視如敵人，」梭羅認為「具備不凡及智慧的人本來就是少數，梭羅舉出耶穌釘死十字架、哥白尼、馬丁路德待為異端與建國先賢華盛頓、富蘭克林亦曾看作叛逆亂黨，結果最後證明少數人士的觀點反而是真理的代表，正義與道德，才是民主政治之核心價值真諦。（Civil Disobedience：1758）

在《服務》一文中，梭羅談到柏拉圖所言：「上帝給予人類音樂與旋律，決非只要取悅於我們的耳朵，而是要組合人身與靈魂的美麗循環，即在沒有音樂與曲調下，仍能回復藝術般的順暢與合諧。」梭羅也據此模仿柏拉圖之「哲君」，創立了一神格化的「勇者」（brave man）：「他內心有一個無人所可聞之音樂，那是上帝的聲音，也是他內在靈魂的迴響。」，讓他有不同其他懦弱之人的勇氣、果斷及道德；梭羅以「扁平（flat）」形容一般人

只有一個方向的力量，但勇者是「圓滿（spherical）」，有著全面的智慧及力量，將自己與天體的軸心會合有如天地之中心。（The Service：16）

梭羅雖與柏拉圖等都質疑民主政治有多數暴力與趨向人心腐化與墮落的發展，但由於兩者所處民主程度與型態不同的時代下，柏拉圖似更實際以民主的決策品質與效能的低落與庸俗化為憂慮者，而望以非選舉操作下產生的「哲君」改善；與柏拉圖不同者，梭羅顯然是以「勇者」作為他「自我教化」實驗的典範，並不採取哲君統治的精英政治，梭羅認為當個人在「自我教化」中取回「良知」，每人皆可為天使或哲君時，政治將是人類生活最不需要，也最感受不到的生活制度，「如果有人要問政治在何處，他就在大街市集上。」（Walking：1958）。

而如何將此一「權宜理論」實踐在政府政治之可行？實行上，梭羅有關他「自由與理性政府之想像」，仍是以美國「憲法之父」麥迪遜之聯邦主義之第十號、第五十一號論文與傑佛遜之《獨立宣言》理論架構下之聯邦代議制政府為修正藍圖，梭羅對美國現行的民主共和制度並非全然的否定，甚至肯定是距理想國最近之體制，不過是被「立法者文字遊戲之誤導」，只需稍微修正。在《公民不服從論》文，伊始，梭羅就自承：「我衷心接受麥迪遜之所謂『最好的政府是管得最少政府』，但真正付諸更快速與完整實行時，實際上，最好的政府將是什麼都不管的」，也就是梭羅權宜理論下之「最小政府」之建立。

麥迪遜在〈聯邦主義論文集〉第十號，雖然也認同民主政治有多數壓迫及人性慾望上之不完善：

一個少數的派系，可以運用共和制原則，由多數派的投票擊
敗另一派的惡念……多數人都有共同的欲望與利益，即使政
府本身的形式也可以帶來溝通與協調，但犧牲弱勢或不合心
意的人之現象卻無法制止。因此這樣的民主實際上只是動亂
和競爭的場所，她無法保障個人的安全或財產。這樣的民主
一般說來都短命，在壽終正寢之前必有動亂。[4]

　　但與梭羅看法不同是麥迪遜悲觀以為這種多數暴力行為是「沒
有道德或宗教的動機可以控制，而這樣人越多，道德或宗教的制衡
力量反越低。」
　　因此，依據〈聯邦主義論文集〉第五一號，美國憲法之父麥迪
遜的「最好的政府是管得最少政府」的標準，麥所表達出是人性本
惡的論點，不尋求道德良知之治，「以私慾制衡私慾」，保障個人自
由之道在政府力量的節制：

如果人是天使，就不需要政府；如果是天使統治人，就不需
要對政府做任何外來的或內在的控制，因此在建立一以人治
人的政府時，最大困難之處就是：首先，如何在政府能夠統
治被治者時，同時亦能讓統治者自行節制。

　　根據他〈聯邦主義論文集〉第五一號「人不是天使」的定律下，
「如何保障公益和個人權利不受多數派的損害？」麥提出聯邦之共

---

[4] James Madison, "Federalist Paper No. 10", Living Documents of American History, edited by Donald M. Bishop (Taipei: World Today Press under American Institute in Taipei, 1986), p.61.

和政體，他運用的是人類利慾、猜忌與自私的性質，擴大不同利益代表之派系參與共和，「配合人員之間的不信任，這樣的人越多，互不信任感越強，不公的和既得利益的多數派在策劃和實現某項陰謀時將會遭遇更多的困難，聯邦內黨派數量越多安全程度也同樣增加了。」如此一來，所謂「最好的政府是管得最少政府」，因為它是不斷困於人性與利益衝突的相互制衡與約束而欠缺力量。

但梭羅由美政府發動墨西哥戰爭一事看，證明麥迪遜利用人性之以惡制惡亦不可行，認為只要政府是「常設」（standing）或非臨時性的，遲早必會違反道德、民意加以濫權。

分析梭羅理想國度的概念，就是以「政府權宜性」及「個人良知」為治的兩大方向，將麥迪遜以人性本惡「派系制衡」和傑佛遜所主筆〈獨立宣言〉下，信奉之「政府越小個人自由越保」更放小至「政府是越權宜，則個人愈不受政府干擾」，也就是將「個人良知」在代議制政府中，作出最高比例加權，而創造出「最小政府」的規模，當政府只是權宜之設置，回歸以道德與正義取代法治，才是民主最高政治運作標準。

除按照傑佛遜式「政府愈小，則個人自由愈保」的比例原則，作「最大的反比」主張，獨立宣言中「政府之施政是基於被統治者（governed）之同意」，梭羅修正以「個人良知」（individual）之同意，因為投票無法堅持品德的勝利，道德是超越權宜之外的堅持，「個人的良知」必須取代「由投票所產生之多數決的民意」。梭羅等於是將國家政治秩序拉到最高之道德層次（一如他在個人生活主張應以精神而非物質為目標），梭羅既然以人人皆可為天使，這也是何以將麥迪遜之「最好的政府是管得最少的政府」再進一步提升成「最好的政府是什麼都不管的政府。」

　　至於梭羅在將他「最小政府」自理論邁向具體可行的細節思考，從頭至尾卻是受傑佛遜的影響，其實，梭羅「最小政府」的概念，也來自兩者都對印地安人生活方式的興趣啟示。前者，重在觀察印地安人疏離意識──疏離文明則簡單，簡單則一切順其自然之共生哲學；傑佛遜則重在政治組織的觀察，他在寫予麥迪遜對印地安人「沒有政府，卻有良好的社會秩序，感到疑惑。」，但 Albert Jay Nock 指出：「如果以傑佛遜在獨立宣言，為政府所下之定義：政府是建立於人民，保障人民最基本之生命、財產與追求快樂天賦權利，那印地安人就是最簡單的政府。」[5]而這也是梭羅所極力希望的「最小政府」，尊重人民之生命與自由，「允許人民疏離政府既不介入也不受其擁抱，人與人之間只需盡鄰里之義務。政府只是一臨時的設施，而政府越權宜時，個人也就越不受政府所侵擾。」（Civil Disobedience：1753）

　　政府調降「權宜」位階下，梭羅認為一個國家的真正政治精神所在是在地方，主張選擇「鄉、鎮」取代州為國家之政治單位，鎮民會（town meeting）才是美國最能反應真實民意的真正國會（Congress）。（Slavery in Massachusetts：1948）亦是傑佛遜所主之美國真正民主必須是落實在地方的獨立農村之上的政治概念。傑佛遜在建國之初即主張維持美國民主代議共和制之存在，必須建立在最小的政治單位「區里（ward）」[6]之「鄰里政治（neighborhood politics）」上[7]，「每一區里則有一共和國（republic）」，如此一來則既可防止暴政，二來使人民變成聯邦民主統治之守護者。

---

[5]　Albert Jay Nock, Our Enemy, The State (N.Y.: Libertarian Review Foundation, 1989), p. 17-18.

[6]　To Joseph Cabell, Monticello, Feb. 2, 1816, M.E., XIV, p.420.

[7]　To Major John Cartwright, Monticello, June 5, 1824, M.E., XIV, p.46.

　　法國政治家托克維爾（Alexis De Tocqueville）十八世紀，在他的《美國的民主》（Democracy In America）一書中，第五章，特別以新英格蘭的鄉鎮制度為目標，做了一番考察。相對於大型民主共和國經驗的缺乏，美國人在殖民時期所建立的「鄉鎮」自治形式，卻是有悠久歷史的，美國人民深厚的民主文化素養即來自殖民時期所形成的一種「鄉鎮精神」（township spirit），「這是一歐洲大陸國家無法享有的優勢，在鄉鎮之治中，人民是權力的來源，沒有地方可比他們在權力執行上，更直接且快速。」[8]在「鄉、鎮」的獨立與自治之下，投票並非有效解決問題唯一辦法，關鍵點是在「鄉鎮會議」中的「充分討論」下對個人自主的尊重。在鄉鎮中有負責執行的「行政委員」（the selectmen）[9]，他們由鄉鎮有投票權的人所選出，平日自行任事，向選民負責，一但有要事，就可以召開鄉鎮會議（township meeting），決定重大事宜，因此，主權在民的觀念對於當時的美國人而言，不只是理論而已，已經是一種生活方式，梭羅認為美國真正民意之兩黨，分別是城市黨（party of city）與鄉村黨（party of country），這是因為城市居民對道德問題是不會思考的，只有鄉村人口仍能堅持，作出正確的個人自行與良知之思考與言論。（Slavery in Massachusetts：1948）

　　梭羅深受傑佛遜回歸最後以鄉、鎮單位之「最小政治單位──區（ward）」主義觀點的鄉鎮國家的概念，可見梭羅所希望「什麼都不管的政府」國度，事實是回復到早在憲法制定前，十三州鄉鎮自治運作的政治復古形態。這項發現，可見，梭羅不論是文學上簡

8　Alexis De Tocqueville, Democracy In America (New York: Vintage Books, 1945), p.63~64.
9　bid., p.65.

約生活的反文明論調與政治理想國度的內容雖頗具前衛，然本質上，都充滿復古的精神。這復古的精神，也證明梭羅的政治判斷與想法過程中，是從不主去政府的，梭羅即使相信人皆可為聖賢，他所追求者不是一個「立即的無政府（at once a no government）」，而是一個「立即且比現在更好的政府（at once a better government）」（Civil Disobedience：1753）。正確的說法是梭羅想像「自由與理性政府」應是介於無政府與政府間一個最小力量，對政府與個人之關係，不論是湖濱時期的「帝力於我何有哉！」的絕離，至「權宜統治」的疏離，再到「鄰里之治」的鄉鎮國，待內戰開始，梭羅見「解奴」之終底可成，梭羅又回到了他的原點，憂慮資本經濟的物質對人心道德的腐蝕，終於集大成的提出了他最小政府之理想國度，就是個人至上，以道德為治「個人國」的取代：

> 美國在脫離政治奴隸之後，即將面臨的是淪為經濟奴隸的未來，現在是尋求個人國替代共和國的時候了！（Life Without Principle：1987）

第三節　「公民不服從」論

梭羅政治理念中，除了建構他「個人國」之「權宜政府論」外，另一大支柱者，則是他頗具創意的反抗政府設計──「公民不服從」。

　　該名稱之由來，得自一八四八年，剛自林中回歸現實人生的梭羅，是以《個人與政府之權利與義務關係》（The Rights and Duties of the Individual in relation to Government）為題，首度發表在康考特講座上。一八四九年，梭羅將《個人與政府之權利與義務關係》改以《反抗公民政府》（Resistance to Civil Government）名稱發行，這是梭羅要明白區別於之前他所傾向之「不反抗」思想，梭羅主張人民面對不義之法或違反個人良知的政府，至少要有所「不支持」之具體行動，然主「非暴力」之所謂「和平革命」（peaceable revolution）。一八五四年，梭羅思想始走向激進之「暴力不服從」，尤其是一八五九年，鼓動暴力革命推翻支持奴制之政府，達到最高潮。一八六六年，梭羅死後，該文被編入《一位在加拿大的洋基客：反奴與改革文輯》（A Yankee in Canada, with Anti-Slavery and Reform Papers），改以《公民不服從論》（Civil Disobedience），是為梭羅日後反政府思想之統一稱呼。

　　淵源分析上，「公民不服從」是梭羅對柏拉圖《理想國》中，蘇格拉底堅持「惡法亦法」的推翻與取法傑佛遜「民粹」政治的激進自由理念而成，是梭羅政治主張中，令人印象至深與最為影響後世民主政治思想者。

　　梭羅「公民不服從」思想，起念於一八四六年七月，因美國政府發動墨西哥戰爭，附和奴隸主，擴張奴制於德州；梭羅以違反良知，拒繳稅抗議，被捕入獄一夜後之發想：

> 如果可能，我不在乎我稅的流向，但當它們被政府用來買賣
> 奴隸、武器、殺戮，我所關切者，是我所捐獻給這個國家忠
> 誠的流向。

獄中，梭羅慷慨陳詞：

> 政府以為用牆就可以關住我的血肉之軀；他們只能處罰我的
> 肉體，監獄不過是土石的浪費，他們可笑的以為大門可以關
> 住我的思考，對他們言，這才是最危險的。(Civil
> Disobedience：1764)

此一自在與從容的反抗情景，實讓人難以不加聯想最早「不服從」或「不抵抗」精神之始祖──柏拉圖在〈申辯篇〉，記載蘇格拉底因蠱惑和不虔誠罪名，遭判死刑時，面對不公義政權下，談及法律契約的根源及本質的凜然與冷靜。蘇格拉底一直被標榜為抵抗政治權力及政府對個人危害的烈士，也多次被拿來和耶穌、伽利略及湯瑪士莫爾相比，而且被當作思想家及政治運動者的模範，啟發了梭羅、及日後甘地及馬丁‧路德‧金恩之一脈相承。

蘇格拉底〈申辯篇〉象徵著對個人自由表述的侵害，它述及的案例是個人致力於檢視生命，力抗一群頑固及偏狹的民眾。受審者不僅是蘇格拉底個人，也展示出思想自由與政治生活共處的脆弱，尤其是個人正義與城邦（國家）有關連時，或是與政治權力彼此間處於一種緊張的關係時。惟注意者，《申辯篇》中，蘇格拉底所針對者是審判的不公，而非針對法律：

> 除了不公的判決外，一切都按該發生的方式發生，該結束的
> 方式結束。……因為這場審判，我的奮鬥才有了正當性。因
> 為若不重視這個人的理念，又何必大費周章動員全城審判？
> 若不是怕他摧毀以謊言自滿建立的腐敗城堡，又怎會讓後代

背負判他極刑之罪名？……我勇敢的指控者、我本身、還有
相信我的人，我無限感激你們。我懇求法庭也無需因我老
邁，寬憐同情我之妻小，我懇求你們毫不猶豫下判決，給我
一生未得之公正。

自《申辯篇》之審判中，蘇格拉底從未攻擊過法律本身，而僅
僅是反對這次具體的不公正審判—他將之稱為降臨於自身的一次
「偶然事件」。他個人的不幸並沒有賦予他「破壞」與法律簽定的
「契約和協定」的權利；他的爭辯不是針對法律的，而是針對審判
官的。如果蘇格拉底試圖逃跑，他將不配得到其言辭帶來的殊榮；
他在審判過程中所做的一切將變得了無意義，「愈足以加強審判官
們的自信心，堅信對他判斷公允。」無論從自身來講，還是對於那
些曾聆聽他教誨的公民們來說，他都有義務留下來赴死。

「這是榮譽的代價，是一個輸掉了賭注、又無法以別樣的方式
保持尊嚴的男子漢所付出的代價。」這裏確實有一個契約，而且這
種契約的觀念在《克力同篇》的後半部分隨處可見，但這一具有約
束力的契約是一次捲入審判的獻身。《克力同篇》則是在《申辯篇》
後，內容為蘇格拉底與其追隨者雅典富人克力同的對話中，克力同
試圖說服蘇格拉底逃離監禁流亡。

蘇格拉底提供了擬人化的雅典法律四條論據，來向克力同顯示
他不應該逃跑。我們（法律）是你的雙親、是你的撫養者（提供教
育），這是社會契約論的早期表述。無論蘇格拉底去哪裡，將都會
被視為腐敗的力量。他與克力同達成共識的論據：對他人作惡永遠
不是對的，即使他們已對你作惡。根據這一準則，對他的城市作惡
將是不正當的，即便城市對他作惡。如果蘇格拉底試圖逃跑，他將

不配得到其言辭帶來的殊榮；他在審判過程中所做的一切將變得了無意義，愈足以加強審判官們的自信心，堅信對他判斷公允。無論從自身來講，還是對於那些曾聆聽他教誨的公民們來說，他都有義務留下來赴死。蘇格拉底挑選了「較簡單的路」，而非克力同所認為的勇敢榮耀高尚的路──逃離死刑。

和蘇格拉底與柏拉圖重視法治的契約精神，寧可求死態度相比，梭羅是完全反對「惡法亦法」的鄉愿。梭羅理論上是不以英國政治哲學家約翰洛克（John Locke）以來，將民主訂定在人民與政府間契約精神之上，梭羅認為人民行事非基於公民對政府法律的契約關係，而是基於個人良知與道德責任：他早定義「法律是權宜者，道德、良知才是最高法（Higher Law）」，因此，梭羅在政府該以道德為治而非權宜法律契約的理想下，任何違反「個人良知」施政的政府，人民即可行使推翻政府的革命權，「反抗政府」自然也成為梭羅政治思想與實踐的一部分，因此：

> 面對不公不義之法，我們要心甘情願遵守嗎？我說：違背它。（Civil Disobedience：1758）

除來自希臘政治哲學淵源的修正，梭羅這一反抗政府的思想，同樣深受傑佛遜的影響，傑佛遜身為民粹主義者，早自一七七六年起草《獨立宣言》時，傑佛遜就立下「統治者一切施政，必須基於被統治者之同意，否則人民就有權推翻。」，一七八六年麻州的謝斯（Daniel Shays）叛亂，進而蔓延全國，面對這群由農民與債務人所發動建國後最大之危機暴亂，他在致亞當斯夫人的信中，輕鬆說道：

> 我喜見不時發生一些動亂，反抗政府的精神是極富價值的，
> 我希望這般精神常存而有活力。固然每次的叛亂不見得一定
> 是對的，但絕對比從不見叛亂好。

　　一七八七年，傑佛遜在致友人史密斯信中，對人民大膽挑戰政府的合理性鼓舞，更是表露無遺：

> 上帝不允許我們每二十年，沒有一次判亂。自由之樹必須隨
> 時以暴君與愛國人士以鮮血更新。[10]

　　一七八九年，傑佛遜更欣賞法國大革命之激進浪漫。梭羅雖認同傑佛遜人民有革命之權，然而就像他主張一個介於強大的聯邦政府與無政府之間的權宜最小政府；梭羅反抗政府之獨特性，也是介於激進傑佛遜之革命與理智蘇格拉底的認命之間，手段上，他採取所謂之「和平革命（peaceable revolution）」（Civil Disobedience：1760），並不主張以暴力流血因應，而是一種人民靜態、被動的阻力，就是以集體消極或不遵守、不執行方式以觸犯，作法是拒絕納稅，官員辭職，集體走向監獄，癱瘓政府，梭羅將之比擬「人民有如反作用之摩擦力，抵制支持奴制的麻州政府機器，抗衡其邪惡。」梭羅以為「當一個奴隸的政府專拘正直之士時，監獄是正義之人的惟一所在。」（Civil Disobedience：1759）。梭羅提出十萬人投票後，在不知結果下，各自散去，但十萬人抗稅，湧入監獄，則可立刻解

---

[10] November 13,1787, letter to William S. Smith, quoted in Pandover's Jefferson On Democracyed., 1939.

奴（Civil Disobedience：1759）。但一八五四年，在反奴運動不斷的挫敗下，梭羅也只有不斷加碼激進，走向暴力革命一途。

一如日後世人接受他「極簡」精神生活的啟發一樣，雖然美國政客最終沒有以梭羅「公民不服從」的溫和主張取代流血內戰，解決奴隸制度，導致美國史上參與戰爭最慘痛之付出六十萬人的生命代價。但梭羅的此一論述，卻深深影響二十紀之後，民主政治之邁入「公民社會」，蔚為人民以遊行、聚會、靜坐的理性和平方式，抗議政府不義，最有效之展現人民力量方式。

首將梭羅「公民不服從」思想應用成功與證明其效率及力量的政治家，是印度國父甘地（Mohandas Gandhi）在領導印度脫離英國統制的奮鬥。一九〇七年時，他被驅逐至南非擔任律師，抗議「黑人法（Black Act）」，該法規定凡亞洲人民必須像犯人一樣，以按指紋方式向政府登記，甘地為爭取當地印度居民權利平等，發起「非暴力（Satyagraha）」運動時，甘地承認他完全是受梭羅個人人格與「公民不服從」思想的感召啟發，他藉由「印度意見」（Indian Opinions）報，發表：「梭羅的範例與理論，是完全可以應用到印度人民在南非民權運動爭取上。」[11]，盛讚梭羅人格與理論之完美：

> 「梭羅是偉大的作家，哲學家與詩人，並且也是一位務實的人，他不會教人作他自己沒準備好的事。他是美國歷史上最具偉大及道德之人，在廢奴運動的時期，他寫下最出名之作

[11] Gandhi, M.K., "Duty of Disobeying Laws" Indian opinion, 7 September and 14 September 1907.

『公民不服從』論,是原則與人性受難的見證之作,是永世的言論,有著無懈可擊的邏輯。」[12]

一九一五年甘地返回印度,領導印度國大黨（Indian Congress）,繼續所謂之「不合作公民反抗」（Non-Cooperation Civil Disobedience）為印度人民爭取民權,進而政治獨立運動;甘地所採之不抵抗手段上是深受梭羅之「當一個不義政府專拘正直之士時,監獄是正義之人的惟一所在。」感動啟發,屢屢以集體入監的情形下,癱瘓大英帝國之印度政府。一九三〇年,甘地領導四百公里之群眾大遊行,抗議大英政府之鹽稅的課徵,四二年再以「釋放印度公民反抗」（Quit India Civil Disobedience）,取得印度獨立。

繼甘地之後,梭羅「公民不服從」思想在美國本土的復活,則歸功於一九六三年黑人民權領袖馬丁路德金恩博士（Martin Luther King）所領導的非暴力運動（nonviolence）。雖然美國最終借戰爭暴力,不以梭羅所倡非暴力的「公民不服從」迫使政府終結奴隸制度;但歷史弔詭是,最終解決黑人自由平等者,還是回歸梭羅之「公民不服從」理念。

美國黑人追求自由的歷程,第一階段的解奴抗爭自一六一九年至一八六三年,結果以最沉痛的內戰方式結束了非人的奴隸生活;第二階段爭取黑人公平自由與反「隔離」歧視的民權運動,則自一八六三年至一九六四年,通過民權法案止,達一百年。

內戰後,南方各州轉而進行黑人的隔離立法,將所有公共設施包括學校、社區、教堂、交通工具、餐廳、電影院、圖書館、沙灘、

---

[12] Gandhi, M.K., "Duty of Disobeying Laws" Indian opinion, 26 October 1907.

公園、廁所到飲水檯都黑白分開使用，公權上，也以識字測驗或人頭稅剝奪黑人投票與服公職權利；對黑人日常生活行動，地方政府放任由白人種族主義者所組成之三 K 黨，任意對黑人施加私刑虐殺。更糟的是南方各州的黑人歧視立法，竟被最高法院全部合法化，一八九六年在「普萊西控告佛格遜」案，判下「隔離只要平等」（Separate but Equal）原則，就是只要公共設施的設備條件一樣，黑白隔離就沒有歧視差別；至於以識字測驗阻止黑人參政權，一八九八年在「威廉斯控告密西西比州」案，高院也認同合法，南方黑人差不多又回到戰前處境，雖脫離了奴隸卻有如二等公民，導致黑人追求完整的民權，得再奮鬥一百年才能完成。而其中成功的關鍵歸諸黑人民權運動之金恩博士風起雲湧，捲起千堆雪的「非暴力」運動浪潮。金恩在他自傳中，談到：

> 我是在學生時代，首次讀到梭羅的「公民不服從」論，梭羅勇敢以拒稅抗議美國發動墨西哥戰爭，擴張奴隸制到德州，也讓我首度認識到不抵抗的理論。我深刻感動與著迷梭羅拒絕與一邪惡體制合作的聰明概念，而讓我反覆閱讀。

> 我深自確信拒絕與邪惡體制合作之道德義務就如同與善良合作是一樣的。我們都是梭羅此一創意反抗的繼承人，梭羅的教導復活在我們的民權運動，不論是在餐廳的靜坐、密西西比的自由巴士運動、或阿拉巴馬州厄巴尼的和平抗議、蒙哥馬利的巴士杯葛，都是堅持梭羅之邪惡必須反抗，人民之道德無法對不公不義視若無睹。

　　黑人牧師馬丁路德金恩，在其貫徹梭羅「非暴力」策略下，發展出黑人以集體「靜坐」、「杯葛」方式，抗議於所有實施隔離黑人的公共場所，成功的癱瘓了南方城市的生活機能，不但將社會動盪的成本降到最低，更以喚醒社會道德良知而非流血衝突的方式，促使美國人民反省認識到種族主義的謬誤。

　　除「非暴力」的成功，金恩也有著令人如痴如醉的話語，一九六三年八月，金恩領導十萬人大遊行至華府極富象徵意義的林肯紀念堂下，演說動人心弦的「我有一個夢」，文中，金恩將黑人民權運動比擬成不過是兌現一張美國先賢自立國當時，就開出人生而平等的支票，但也警告一九六三年不是結束，而是開始，黑人不得公民權利，美國永無寧日。全文節奏明快，有如史詩般的激情，尤其不斷重覆念到「我有一個夢」的動人期望時，「我有一個夢，希望有一天，昔日奴隸與奴隸主的後代能同桌共坐，情同手足。……我的小孩日後是以其品德而非膚色受人論斷。」時，這般卑微卻又高亢之作，輕易穿透所有人心，黑人也終有能擁抱美國夢的權利及希望。

　　相較代表梭羅重要思想如疏離、禁慾之「簡約生活」哲學或極力降低政府介入個人生活之權限與領域之「權宜統治」論，梭羅「公民不服從」論是最具知名度且徹底付諸政治實踐者；且就效果、意義及影響也是最巨大者。其所教育人民在民主政治的參與過程中，不是只有投票，而是要像梭羅所望者，藉「個人良知」意識覺醒，抗衡政府；人民在政府失德敗行之時，得隨時展示不滅的良知與道德力量，建立民主政治中，真正之公民社會。

第七章　梭羅的反奴與烏托邦三部曲

　　梭羅一生投入文學兼及政治的改革，兩者往往領域的差異，後人習作分離的獨立研究而生片面成果，一般人偏執以梭羅「專業」的文學為探討，結果常生研究梭羅人生的斷點而質疑：梭羅雖走出華爾騰（Walden）湖畔森林，卻仍有如身在森林，梭羅只找到生命的首章，但卻不知生命其他的篇章所在？此即忽略了其實他後半生「業餘」政治這一塊，才是完整瞭解梭羅率直、熱忱與個人最至情至真的改革堅持。同時，俯瞰這一半的梭羅人生，也才能微觀他超越疏離，而日趨現實與激進的行為與意識，最終決定他的價值判斷與自我定位。

　　經由前章對梭羅政治中心思想「最小政府」的兩大架構——「權宜政府論」與「公民不服從論」的理論淵源探究後，本章則是進一步分析梭羅理念之後的政治實踐，也就是在「不服從」思想下的反奴運動與「權宜論」下而生之烏托邦的想像與設計，同時兩者在平行的互動、發展下而有趨向激進及務實的三階段過程，而最終仍回歸梭羅疏離文明的個人精神世界。

　　總結梭羅一生奮鬥過程者，莫過其所言，欲去「人類之奴性與奴隸制度（servility and slavery），因為它們都沒有真實的生命，分別意謂著枯萎與死亡。」（Slavery in Massachusetts：1953）。本章即於研究梭羅個人歷史中，長久受人忽視的政治生活，而此一政治理

想及思想，表現在他的兩個政治「三部曲」演進上。亦即梭羅在逐步由「疏離文明」之文學實驗生活過渡到政治參與的轉變過程中，一方面，我們看到梭羅以抗稅反奴的「公民不服從」政治理念──自「不反抗」、「和平革命」、趨向「暴力不服從」的激進趨勢，另一方面，隨之而生，極度想望之「烏托邦」政治理想亦自「大同世界」、「鄰里之治」以至「鄉鎮國家」，同步漸次地消失或者說實體化的兩大現象產生，清晰呈現他政治進行與烏托邦理想的雙重「三部曲」在現實發展下的必然反比走向，使我們從中感動與瞭解一個最文學的政治觀及一位文人理想主義者如何在最少的讓步下，努力堅持道德與良心至上的理想，應用於政治可行理論之上，提供了日後民主最洶湧的浪漫活水。

文獻上，除《湖濱散記》，華特哈汀（Walter Harding）指出《麻州的奴隸》、《公民不服從論》與《為約翰布朗請願》，最能反應梭羅完整之政治奮鬥歷程與烏托邦政治構圖雙重三步曲，解析梭羅如何從個人「自我教化」到政治之趨向現實與激進動態過程的關鍵作品。

第一節　湖濱「大同世界」與不反抗思想

一八四二年，梭羅即以反對美國政府煽動墨西哥戰爭，違反個人良心，企圖擴張奴制於德克薩斯，而抗稅入獄。這較一九七〇年代，美國人民以違背良心，拒絕接受美國政府越戰之徵兵令，而發起之良心犯（conscience prisoner）運動可說早了一個世紀之上。

　　梭羅政治「不服從」行為，起於抗稅。梭羅之抗稅行動，最早可溯自一八四〇年，他突然被當地教會要求繼承他父親生前所信仰教會的繳稅義務，但被從沒參與他父親教會的梭羅加以拒絕：

> 我不解為什麼老師要被課稅以供養教士，而教會不需以稅支持學校；同樣我也不解為什麼講座（lyceum）不能也擁有教堂權利，提出它的稅收，甚至國家的支援。（Resistance to Civil Government：1761）

　　梭羅此時抗稅行為並沒有政治的動機，他也不是反對宗教的法律措施，此時梭羅抗稅的思考，只是單純來自一位社會公民之公平與平等意識，質問為什麼更重要之學校、講座（lyceum）不能也像教會一樣，提出他們的稅捐，要求教會或政府補助他們的財務需要，他只是覺得如果所有機構，都有一致的權利，他會覺得合理些。結果，梭羅以個人宣誓：他不隸屬任何教會，而取得教會同意免繳。

　　一八四六年，七月，梭羅正當耕讀華爾騰湖濱，追求個人精神生活的時候，被拘捕入獄，原因是自一八四二年以來，梭羅就一直拒繳人頭稅。入獄未久，隔天，「在某人代繳下（據信是其姑姑），而獲釋。」，梭羅在《湖濱散記》中，敘述此段的經過：

> 在湖濱第一年夏季尾聲的中午，當我進村取回我一隻修補的鞋子時，我因拒絕繳稅而被拘捕入獄，我不繳稅是因為我無法認同一買賣男、女、小孩，有如在華屋之前販賣牛隻一樣的政府。（Walden：1858）

　　有別之前質疑「教會」，梭羅此番挑戰者乃「政府」，並質疑
一個支持奴隸制度政府之法律與道德的合法性。梭羅的反奴立
場，顯然是完全遵循著他超越文學的同好如愛默生、惠特曼等的
解奴呼籲，並受到之前即已結識、交往廢奴主義者羅傑斯與菲立
浦影響，特別是「不反抗」政策擁護者──艾科特（Bronson Alcott）。

　　事實上，梭羅採取「拒稅」的不服從行為，正是仿傚這位好友
艾科特六年前的作為。一八四○年時，艾科特就以身試法，拒交人
頭稅，作反奴抗議的表達；一八四三年一月十七日，艾終於因此而
入獄。[1]艾科特好友蘭恩（Charles Lane，他們兩人也是果實地烏拖
邦之創立人），對艾之「拒稅反奴」創舉，投書由廢奴主義者蓋瑞
森（Lloyd Garrison）所主持的〈解放報〉上，蘭恩投書解放報，
也正因蓋瑞森就是一八三八年「新英格不抵抗協會（New England
Non-Resistance Society）」的創立者。

> 「我所意識到者，這是一『不抵抗』（non-resistance）的行
> 為，它是建立在道德的直覺上，不允許權勢與力量凌駕和平
> 與愛，使任何一個道德個體消極或主動地受到的壓迫。」[2]

　　也經由蘭恩的定義與理論化鼓吹，由艾科特所首倡之「拒稅」
遂成為該組織用以反對不義政府之「不抵抗」手段選擇之一。類
似現代之和平主義（pacificism），「不反抗」運動精神主旨是：不
但反對一切個人或國家的暴力使用，連一切間接配合政府的作為

---

[1]　Walter Harding, The Days of Henry David Thoreau： A Biography, New York:
　　Dover, 1982, pp. 200-201.
[2]　Charles Lane, "State Slavery," Liberator 27 January 1843, p. 16.

也不允許，可說是完全的政治不沾鍋，絕離（isolated）政府政策之外：譬如，在保有軍人、警察與監獄之國家內，個人必須不服務公職、拒絕投票或任何身份參與國家與教會都是變相的支持政府暴力。艾科特即根據此一原則，認為梭羅拒絕交稅也是不抵抗的方式之一，因為「這是拒絕與不配合政府暴力的行為。」[3]，一八四九年以前，梭羅的政治行為思想顯見是與「不反抗運動」的理論謀合。

　　也因此，當梭羅一旦獲釋，立刻返回湖濱居地，更強化堅固他「孤立」堡壘，盡力遠離這個「國家」的「骯髒制度」（dirty institutions），他立刻紀錄了他的感受：

> 除了代表國家的那些人外，我從不被人打擾。我選擇林中生活，就是為了某些的目的，但似乎，人不論躲到那，代表那些骯髒制度的人就是能如利爪般，如影隨形的追逐，不擇手段強迫個人進入集體的歸屬，沒錯，我是應該起來反抗，加以衝撞這社會，但最後我還是選擇，讓這社會來衝撞我。（Walden：1858-59）

　　兩年後，梭羅在他《公民不服從論》，第二度談論到他「這一（入獄）有趣且新奇的經驗」，更道出梭羅這時他努力孤立在自已的天地世界之中，盡可能躲避「國家」越遠越好的政治選擇，如此，「則國家不復可見（and then the State was nowhere to be seen.）」：

---

[3]　Bronson Alcott, Journals, p. 184.

> 當我獲釋的第二天早晨，我依舊完成既定瑣碎事務後，穿上
> 我修補過的鞋子，趕赴一場蔓越莓的野宴，地點在兩英哩之
> 遙，最遠最高的山丘之上，如此一來，則國家不復可見。
> （Resistance to Civil Government：1764）

對政府的性質，值得注意是，梭羅從沒主張去除政府，不但如此，我們發現梭羅也從沒打算讓政府角色自他心中政治烏托邦的藍圖從缺。他自承：

> 我非一些自稱無政府主義者，我所追求者不是一個立即的無
> 政府，而是一個立即且比現在更好的政府。（Resistance to
> Civil Government：1764）

此一想法態度與當時「不抵抗」理想領導者──蓋瑞森與包羅（Adin Ballou）是不謀而合的：「一切的問題中心不在政府之存廢，而在道德，對國家與政府所施行之傷害與邪惡，該如何應處？」包羅寫道：「人類普世的關念與作為是絕對反對以傷害報復傷害，而是以善良克服邪惡。」[4]

在獲釋後，梭羅融合了「不抵抗」的思想與中國孔子「為政以德」的哲學，提出政府為政之道，梭羅為此引用孔子《倫語 顏淵篇》：

---

[4] Adin Ballou, Christian Non-Resistance, in Staughton Lynd, Nonviolence in America, p. 52

> 季康子問政於孔子曰：「如殺無道，以就有道，何如？」孔
> 子對曰：「子為政，何用殺，子欲善，而民善矣！君子之德
> 風，小人之德草，草上之風必偃。」（Walden：1859）

　　而梭羅對其政治理想國的景象，也首見在湖濱散記的《村莊》
篇，表達他以道德與良知的烏托邦，取代法治之想望。在他「天下
為公」的湖邊森林的個人國度中，梭羅相信只要大家如他生活簡約
以道德為行，則不知搶劫是何物，因為人與人信任，大家都有道德
之心，其景況如出孔子禮運篇之「大同世界」：

> 我的書桌是既不上鎖也不栓，我日、晚也從不鎖門，我也沒
> 有掉過任何東西，除了一卷荷馬詩集。我確信只要大家如我
> 生活簡單；則偷盜不知為何物，因為這只生於貧富不均的社
> 區。（Walden：1859）

　　由此可見梭羅的政治意識具體形成，始於他個人獨居的華爾騰
湖濱。受美墨戰爭的入獄事件催化後，從文學「疏離社會」延伸而
至「疏離政府」，梭羅只是簡單的以他道德與精神之「簡約生活
（Simple Life）」應用到政治「不抵抗」與烏托邦的聯想，同時，
仿效艾科特「抗稅」手段，他也建議他湖濱之「簡約生活」是更有
影響力與效率的不抵抗手段：

> 考慮到政府可以進行報復的行為能力，但我卻足以拒絕服從
> 麻州政府，因為我一貧如洗，不服從政府所招致的代價，總
> 比服從政府來得低。（Resistance to Civil Government：1761）

　　這也是梭羅將華爾騰湖濱時候，將他一貫宣揚簡約生活的「投資／報酬」概念──犧牲工作物質換取更多的休閒自我，運用到了他政治精算之上。

第二節　鄰里之治與和平革命

　　一八四〇年時，梭羅抗繳宗教稅是秉社會公民的義務，拒絕獨厚教會的徵稅行為；一八四八年，梭羅發表《個人與政府之權利與義務關係（The Rights and Duties of the Individual in relation to Government）》，拒繳人頭稅，則是以此作為隔絕失德政府於個人生活之外的手段；一八四九年，梭羅為區隔「不反抗」路綫，將前題改以《公民政府之反抗（Resistance to Civil Government）》名稱發行，以配合他第二階段的「和平革命」論。

　　梭羅愈加痛恨一支持奴隸制度之政府，而思有所行動，可見：

> 我一刻也無法承認此一站在奴隸之後的政治組織為我政……我已失去對他最後剩下的尊重，並唾棄他，我沉默的對他宣戰。……當一國六分之一人口是奴隸，一國正直之士起義反叛（rebellion），當不嫌快。（Resistance to Civil Government：1754-55，1764）

　　芭芭拉安德魯斯（Barbara Andrews）將梭羅的抗稅行為，歸屬是美國歷史上，獨特之所謂「特定抗稅（selective tax resistance）」

的傳統，往往這種抗稅的行為將帶來社會巨變，譬如：美國獨立革命即來自人民拒交「沒有民意的稅（tax without representation）」如茶與印花稅。

史塔頓（Staughton Lynd）與林德（Alice Lynd），也歸納梭羅由「不抵抗」到「革命」的轉型歷程：「梭羅一貫堅持精神自由之不可壓迫……，他先拒絕宗教稅，之後，再拒繳麻州之人頭稅。同時，梭羅決定與蓋瑞森之反雅各賓主義（Jacobinism：法國大革命時主張之暴民主義）之『不抵抗』分道揚鑣，坦白承認所有人民都有革命的權利。」[5]

然而此一階段的「反叛」，梭羅卻不主以流血暴力的反叛，而是在完全不作為「不抵抗」與完全作為之「暴力」間尋找交集，而有非暴力之「和平革命」：

> 如果一千人今年不繳稅，反而不會有暴力與無辜流血的政策，因為如果大家都繳稅，無異是予國家有執行暴力與流血的能力；事實可行的話，這就是和平革命（peaceable revolution）的定義。（Resistance to Civil Government：1760）

雖然梭羅要有所區別於「不抵抗」的不作為，梭羅在選擇「和平革命」的手段上，顯然還是繼承且應用了不抵抗的觀點，如：不服公職、不投票等，如包羅在他《基督式不抵抗》所說：「不論在什麼情況下我不任公職、絕不投票。也不加入任何國家與教會或具備教條與規

---

[5] Staughton Lynd, "Henry Thoreau: The Admirable Radical," quoted in Michael Meyer, Several More Lives to Live, p. 165.

範團體之一員。」[6]由此觀之,他的「和平革命」本質上呈現一個激進的不抵抗思想,不過是進一步要已服公職者辭職、投票者不再投票:

> 如果你是收稅員或政府官員,前來問我,事實有一位已這樣問了,「我該怎麼辦?」我的答案是:「如果你真的想有所行動,就辭去你的工作吧!」,所以我說:當人民拒絕效忠;官員辭職,事實上,這就是和平革命。(Resistance to Civil Government:1760)

一八四九年,梭羅的政治立場,相對四八年「不抵抗」那般的「消極與遁世」言,雖顯積極。然持平言,仍屬溫和,梭羅不過是把球丟向政府,最終要求人民以「集體入獄」變成一個道德的必需。也許最足以代表此一階段激進手段,莫過梭羅所言:

> 只要少數認同多數,他們永遠是無力的,如果這就是少數的意義,那他們連少數都談不上了!但是少數的壓力,是難以抵擋的,只要能集中它所有的力量,所以,我說:違反法律吧!當一個奴隸的政府專拘正直之士時,監獄是正義之人的惟一所在。(Resistance to Civil Government:1759)

梭羅提出十萬人投票後,在不知結果下,各自散去,但十萬人湧入監獄,則可立刻解奴。

6　Adin Ballou, Christian Non-Resistance, in Staughton Lynd, Nonviolence in America, p. 52.

可見梭羅自「不反抗」至「和平革命」轉變程度仍限於暴力邊緣的改革（reform）而非革命（revolution）。梭羅以「有原則的行動」定義此一革命：

> 這是來自原則的行動，是對正義的意識與執行，只要可以改變事物與關係，它的本質就是革命性的。（Resistance to Civil Government：1757-58）

梭羅的「全面暴力」保留，歸根仍是梭羅堅持政府在他理想政治的必須角色佔有，儘管梭羅不斷抨擊美國政府，但梭羅也自承「相對其他國家，美國政府還是正直。」此一謹慎的樂觀使梭羅在革命與不反抗的極端中，選擇了「不作為中的作為」：

> 人們當然沒有義務終其一生，致力使世界變得完美，他還有其他關切的事務要忙，但即使如此，對不義的政府，他至少有義務洗手不幹，且不給予實際的支持。（Resistance to Civil Government：1757）

而另一使梭羅採行此一中道原因，仍不脫來自「簡約生活」中，「務實的生活精算」，也就是革命動盪的成本所造成「個人其他事務」的損失：

> 有關要採取什麼方法治除邪惡，我不清楚。因為這是非常費時，生活就這樣耗掉；而我還有其他的事要作。我來到世間的首要目的並不是為了使這塊土地易於生存，而只是要生存

於其間，無論它是好是壞。（Resistance to Civil Government：
1758）

當梭羅之「公民不服從」趨向現實及激進之時，同步反映在他
對烏托邦政府更具體之定位，除先前「為政以德」的期許，梭羅提
出「權宜」理論性質，也就是「最好的政府就是什麼都不管的」：

> 一個權宜的政府，人與人之間可以互不打擾，而且，政府愈
> 權宜，則被治者就愈不受政府之關切。⋯⋯如此當一國家能
> 認同個人是一切最高與獨立之權力，並由此衍生其權力與合
> 法之來源，這時方可見一榮耀與光明之國度。（Resistance to
> Civil Government：1753,67）

而相較他孤立般的簡約生活，梭羅此時期望的烏托邦社會的
關係自是疏離性質──「政府愈權宜，則被治者愈不受政府之關
切」，一八五一年二月二十七日，梭羅在日記中寫道：「根據最高
法則（The Highest Law）的人，他的生活是不存法律意識的（in one
sense lawless）。」國家與人民之關係有如「鄰里之治（neighborhood
politics）」之互動：

> 我常愉快的想像一個最後的理想國度，此國度中，國家能對
> 所有人民公平，就如同對待鄰居般尊重，且能容忍人民對國
> 家之疏離、不願介入或不受其擁抱，只要他盡了鄰居與同胞
> 的義務。（Resistance to Civil Government：1767）

　　梭羅拒交人頭稅，但卻心甘情願的繳交道路稅，因為他受惠也需要政府的這項服務，也是身為鄰里之義務。然而梭羅在文末，卻感傷：「如此完美與光榮之國度，只是想像，卻不見存在。」

第三節　鄉鎮國家與暴力不服從

　　梭羅政治態度之趨向激進是自一八五四年，發表《麻州的奴隸》，徹底失望非暴力的「和平革命」根本不動於南方對奴隸制度的堅持，梭羅明示對「蓄奴、懦弱與北方之缺乏原則」感到不耐了。史塔頓解釋道：「梭羅這時所要的既不是非暴力也不是公民不服從，而是一直接的行動。」[7]。Heinz Eulau 分析梭羅的走向激進，來自「與其說是他象徵性意識到的現實主義，其實是他承認孤離社會後的失敗感。」

> 　　梭羅在華爾騰湖邊主觀的超現實生活意識，到美墨戰爭時，與客觀的現實生活競爭下，《公民不服從論》的觀點，相對於湖濱的生活，所表達者就是他孤離社會的失敗感。[8]

---

[7]　Staughton Lynd, "Henry Thoreau: The Admirable Radical," quoted in Michael Meyer, Several More Lives to Live, p. 165.

[8]　Heinz Eulau, "Wayside Challenger: Some Remarks on the Politics of Henry David Thoreau", in Thoreau: Collection of Critical Essays, edited Sherman Paul,

　　梭羅直接表達「我所想的就是謀殺這個州,且被迫地陰謀推**翻**這個政府。」(Slavery in Massachusetts:1953),在這時一個溫柔革命的梭羅已經不見,取而代之的是一個愈見激烈與暴力不服從的主張者。也使梭羅成為美國政治光譜上最激進之人物之一。[9]

　　一八四八年,梭羅發表《公民不服從論》反對奴隸制度,自不待言,然令梭羅無法忍受者,卻是政府竟以公權力支持執行此一切人類最惡、政治最慘無人道之肉體與精神的壓迫。為抵制南方奴制的進逼,北方廢奴者發明了「地下鐵」方法,以地點接力的方式協助南方逃奴奔向北方,再送至加拿大。梭羅的故鄉麻州康考特正是地下鐵相當活躍的一站,梭羅自然也常任所謂「車掌」(conductor)一職。

　　一八五〇年,南北爭議再起,美國國會通過逃奴法,規定所有黑奴即使逃到北方建立居所,北方也必須以政府力量將其遣返,歸還南方奴隸主。梭羅堅守道德與良知沒有妥協餘地,反對天理不容之『一八二〇年妥協案』與一八五〇年之『逃奴法』,都不過是政客與立法者不願面對真象之拖延。

　　一八五四年,美國堪薩斯領地,欲申請升格成新州,至於蓄奴與否?則由未來「州民自決」投票中表決,蓄奴與解奴人馬為取得上風,爭相湧入當地,堪薩斯一時成為兵家必爭之地,充滿「山雨欲來」之勢,結果蓄奴人士取得投票勝利,反奴者在勞倫斯(Lawrence)另立政府,堪薩斯成了一州兩府,聯邦支持蓄奴派以武力掃蕩反奴人士,堪薩斯從此陷入喋血暴動。堪薩斯州有如美國

(N.J.: Prentice-hall, Inc., 1962) , p.121.

[9]　Alpheus Thomas, Mason, In Quest of Freedom: American Political Thought and Practice, Englewood Cliffs, N.J.: Prentice Hall, 1973, p.215.

當時縮影，黑奴問題已是這年輕國家能否堅持她人權立國——「人生而平等」理想的最大考驗。一八五四年五月，美國國會繼德州之後，再度通過堪薩斯——內布拉斯加法案，允許兩領地以奴隸州加入美國，南方等於突破一八二〇年折衷案中 36 度 30 分以北不蓄奴之政治協定，北方廢奴人士視為最大反奴運動的挫敗。

南方在黑奴立法上的一連串的關鍵勝利，一八五〇年逃奴法，一八五四年支持奴制的堪薩斯法案通過，美國南北對黑奴解放與否的爭議，進入白熱化的攤牌時刻。南方奴制的蔓延依然不止，梭羅挫折感日張的刺激下，政治立場也從溫和的改革者，漸進至暴力的不服從，言論與主張皆更顯激進與悚動。

最後一根稻草的到來：一八五四年，波士頓法院正好逮捕了逃奴伯恩斯（Anthony Burns），並判定歸還南方奴主，廢奴人士在多年挫折感累積的憤懣下，決定採取暴力攻擊法院的流血行為，造成一人死亡，多名廢奴人士遭到起訴。伯恩斯被麻州用政府力量重回奴隸生活，給予梭羅極大的關切，不但徹底死心個人自我教化的實驗，連溫和、非暴力的和平革命都不足號召。從此，全力轉向廢奴運動，投入廢奴組織，梭羅主張即使流血也在所不惜。[10]

一八五四年，梭羅以同樣手法象徵他另一個行動的開始，選擇七月四日（一如九年前，他開始湖濱生活之相同日期）發表《麻州的奴隸》，基本上，是梭羅對《公民不服從論》中，非暴力的「和平革命」之失敗承認，並開始鼓吹暴力的合法化。

在《麻》文中，充分顯露：梭羅愈加深入政治現實的環境，也不得不承認他「和平革命」之手段對南方奴隸制度與其政、經

---

[10] Barry Kritzberg, Thoreau, Slavery, and Resistance to Civil Government, p. 548.

糾纏的根深柢固，不濟於事的無奈。梭羅對他這般的政治天真，
有所自嘲：

> 我從沒尊重過與我近在咫尺的政府，我甚至愚蠢的相信
> 我可以只管自己的事務，獨善其身，自然可以擺脫政
> 府⋯⋯，但最後我發現我竟然要失去我的國家。(Slavery
> in Massachusetts：1952)

伯恩斯事件後，梭羅自己也承認了這般的挫折感：

> 對我而言，我舊日最有價值之追求已完全失敗，我感覺我對生
> 活的最後一點投資也已不剩，當麻州政府刻意將伯恩斯
> (Anthony Burns)，判還南方奴主，回復為奴。過往我還可以
> 活在是生活在天堂與地獄之間的幻想，如今我再也不能說服自
> 己我就是生活在地獄之中。(Slavery in Massachusetts：1952)

梭羅文中呼喚麻州居民立即推翻麻州政府，廢除違反良知與
人性的逃奴法，一一指名道姓的將麻州州長、法官與軍隊，數落
是政治「便宜」性的設立，麻州州憲支持逃奴法，等同支持這三
百萬人（全國黑人）是奴，且應繼續為奴，已是謀殺者工具；而
麻州法官行使的工作竟是認證誰者為奴，泯滅良知與人性，而忘
了上帝已經賦予他們是人的神聖權利。麻州軍隊進行追捕與保護
這群失職的法院，也是奴隸主的同路人，至於麻州州長，梭羅以
最輕蔑的話語認為是麻州最不堪之人與職位。州長完全服從奴隸
主的利益，剝奪無辜之人生命、自由與造物者予之一切權利，是

不法、無能與邪惡之化身，如此州長最好的選擇就是自動下台，
否則根本不應存在。最後，梭羅號召民眾：

> 現在不是哀聲嘆氣的時候，我們也已用完所繼承的自
> 由，我們如果還要挽回生活，就必須戰鬥……我滿心思
> 考就是謀殺這個國家，即使不願也要將之推翻。（Slavery
> in Massachusetts：1952-53）

　　至於手段上，也不再是不服公職、不投票、自動入獄的溫和，
而是麻州人民宣佈脫離聯邦獨立、或與聯邦之奴隸州解除關係、抵
制、驅逐支持奴制的報紙與政客。

　　當梭羅承認非暴力的和平革命是狗吠火車的情況下，同時間，
他也夢醒所謂一人民可以「不願介入或不受其擁抱」之疏離政府也
是空想而已，因此，梭羅愈趨現實激進的走勢下，在《麻州的奴隸》
一文中，所提出之「鄉鎮國家」的設計，相較《湖濱散記》的大同
世界的超現實與《公民不服從論》的「權宜」之治下的烏托邦，也
變得愈加可行與具體。梭羅主張「鄉、鎮」應該取代州為國家之政
治單位，鎮民會才是美國最能反應真實民意的真正國會（Congress）：

> 很明顯，這個國家有兩個越來越區分的政黨——城市黨和鄉
> 村黨。我愈加確信在公共議題上，城市居民是不會思考的，
> 對道德問題，我寧可相信鄉村人口的思考。當農民聚集在特
> 別的鄉鎮會議（town meeting），表達他們對特定事務的意
> 見，我認為這才是真正的國會，也是美國歷史上最受尊崇的
> 聚會。（Slavery in Massachusetts：1948 ）

有如仿傚艾科特的抗稅，梭羅以「鄉、鎮」為國家之最小之政治單位，也是取法傑佛遜的「代議民主之最終政治單位應是最小的單位——區、里之治」：

> 我認為一個既好又安全的政府就是不要全部寄託於一個單位，而是盡可能的分割，全國政府負責國家的保衛；州政府則負人民之權利、法律及警察權；縣市則關切縣民之事，而每一區里則自行主導自身利益。[11]

最後，傑佛遜的希望是「每一區里其中，自有如一小型共和國（small republic）。」[12]

可見梭羅所希望國度，事實是回復到早在憲法制定前、後，十三州鄉鎮自治運作的一個高度自治與獨立政治的復古形態。但這與烏托邦之想望與未來的設計已大異其趣，而更近人生現實的可行。

第四節　約翰布朗與消失的烏托邦

約翰布朗（1800-1859），美國廢奴主義者，反奴隸制遊擊隊領袖。梭羅捨田野回歸社會，全心要求者乃即刻的廢除奴隸，他一八四八年發表《公民不服從論》，提倡和平抗爭手段鼓動麻州州

---

[11] To Joseph Cabell, Monticello, Feb. 2, 1816, M.E., XIV, p.420.
[12] To Major John Cartwright, Monticello, June 5, 1824, M.E., XIV, p.46.

民拒絕配合政府法令，讓法律形同具文，一八五四年，以暴力不服從，鼓動分離聯邦，抵制媒體。但這些相對和平的主張，到一八五九年，當約翰布朗組成武裝集團與南方政府軍作戰，失敗受俘被迫投降後以叛亂罪受審，被南方以叛亂罪絞刑處死，梭羅鼓吹全面暴力，不惜內戰的代價後，實已形同俱往。約翰布朗在南方舉事失敗與梭羅事後的推崇與煽動，終使南北力求的表面平和假像，也無以維持。

約翰布朗（1800～1859），聲名大噪於一八五五年「堪薩斯喋血」。他原居俄亥俄州，自稱受到上帝的召喚而賦解放美國黑奴之使命，乃攜其六子移民堪薩斯，加入反奴行列。當一八五四年，反奴人士在堪州勞倫斯（Lawerence）所自立的州政府，被聯邦政府與蓄奴人士的優勢軍力掃蕩，全面潰散後，約翰‧布朗轉而採取血腥暗殺蓄奴人士的恐怖行動，在 Pottawatomie 大屠殺，布朗甚至曝屍街市，對蓄奴者進行之恐嚇心理戰，約翰‧布朗成了最極端廢奴人士，也成了北方人民的英雄。

梭羅是在一八五七年，當布朗來到康考特進行演講與募款，由布朗在地友人山朋（Franklin Sanborn）介紹認識，山朋是的會面，對梭羅來說是有重大影响的事件。是哈佛畢業生，待人熱情，是愛默生所辦學校的老師；山朋後來花費大量時間來整理梭羅的文學遺著，他常常去梭羅家吃飯，當約翰‧布朗為尋求資助，訪問康考特時，正是山朋帶布朗去了梭羅家。梭羅一開始對布朗的印象並不深刻，後來卻對布朗充滿激情的事業越來越感興趣，而生惜英雄之情。一八五八年，約翰‧布朗宣布要在南方馬里蘭和維吉尼亞的山區建立收容逃亡奴隸的根據地。一八五九年三月，布朗再度造訪康考特，從事演說與募款，梭羅雖因布朗沒有說明募款目的而困擾

（annoyed），但仍捐贈少許（trifle）。梭羅最後與布朗的接觸是同
年五月，布朗三度造訪康考特，這次布朗暗示他打算盡可能解放最
多的黑奴。[13]

待一八五九年十月，布朗企圖進行更震撼的計畫，他打算侵入
南方，直接解放黑奴。約翰·布朗選擇了維吉尼亞州的哈波渡口，打
算攻擊奪取槍械，但因隨眾僅十八人，馬上被維州部隊包圍，原先
預估黑奴揭竿而起的響應也沒出現；最後，兵敗被縛，維州法院以
叛亂罪，處以絞刑。約翰·布朗的侵入南方「紅線」，無異坐實了南
方長久以來的最懼──北方遲早會陰謀煽動南方黑奴暴亂舉事。

梭羅政治最終的選擇，竟以約翰布朗為師，讓人直覺無法聯
想者，是兩者個性全無交集之處，前者是怯懦、害羞的孤隱學者，
而約翰布朗的形象，則血腥恐怖又帶有怪力亂神的號召，不但是
南方譴責，連多數的北方百姓對他激進的暴力行為，亦不以為然。
但約翰·布朗失敗被捕入獄，梭羅是第一個站出來公開替布朗辯
護。布朗遇害當下，梭羅親自敲響教堂的大鐘，希望大家到公共
大廳聽他演說，基於南北互信已瀕臨崩盤邊緣，連當時解奴最力
的共和黨與廢奴黨尚且以悼念布朗時機還不成熟，避免挑動南北
敏感神經為由，欲加勸阻，但梭羅堅持：「我有話要說，但我將
不徵求你的同意！」（Thoreau：1206）

梭羅認為布朗是他文學生活實驗與政治理想理論的應驗者，對
梭羅而言，約翰·布朗是他期待已久的果陀。

「其偉大超過艾默森，尤其，是一位超越主義者。」[14]（A Plea
for Captain John Brown：115）。

---

[13] Walter Harding, The Days of Henry David Thoreau: A Biography, p.102. 406

約翰布朗的即知即行，他哈波渡口以卵擊石的行動，明知不可能而為的態度，是取得梭羅讚賞的最大原因。「他軍事知識得自幼時隨父販賣牛群予軍隊而通曉，但卻更痛恨戰爭暴力，他受教育不多，僅以常識及個人良知為斷，不受權威與法律束縛；是一位有原則、思想，充滿智慧與勇氣的完美典範化身。」

梭羅對自身行動力之不足感到自卑，而生互補與寄託的心態，誠如海曼評論「以政治的作家論，梭羅是美國最具響亮與意義的議論者：但就政治鬥士言，梭羅的滑稽與渺小，不足以登台亮相。」[15]。這般的潛藏意識，也婉轉出現他文中自承：

> 總之，除非真的是有所啟發，否則一個人一生光說、光寫不練，是不太正常的。與其既不開槍又不採取行動解放奴隸的慈善相比，我寧可選擇約翰布朗式的慈善方式。」（A Plea for Captain John Brown：133）

梭羅極高的推崇約翰布朗完全是出於他人道自發性的反奴，梭羅認為最說服他的就是布朗「高貴與甜美的本質」的自白：

> 我之所以行動是我憐憫他們（黑奴）之受壓迫與無助，而非出自滿足個人仇恨、報復心之驅使。（A Plea for Captain John Brown：138）

---

[14] Thoreau, Henry David, "A Plea for John Brown", The Higher Law: Thoreau on Civil Disobedience and Reform, edited Wendell Glick, N.J.

[15] Stanley Edgar Hyman, "Henry David Thoreau In Our Time" in Thoreau: Collection of Critical Essays, edited Sherman Paul, (N.J.: Prentice-hall, Inc., 1962), p.24.

　　對布朗自稱是受上帝指示，賦予的解奴使命，別人以鬼神無稽
看待，梭羅以為「真正的英雄不是敢與政府的敵人對抗，而是直接
敢與不行仁義且違反個人良知的政府為敵……正直與勇敢之士從來
就不是屬於多數，而真正之領導人物常是受靈魂的感召，當然不是
由投票的多數中產生。」（A Plea for John Brown：113,135），因此
梭羅以「他的運動（his cause）」來稱呼約翰·布朗的解奴行為，梭
羅將布朗的絞刑殉道並列於耶穌之受難於十字架，視同人類歷史長
鍊之兩端，以「光耀天使」稱之約翰·布朗，認為他超越了自然，賦
予自身永恆的地位，雖死猶生（A Plea for Captain John Brown：137）：

> 當約翰布朗受絞刑消息傳來時，我不知那意味著什麼，我也並
> 不感到悲傷，在我周遭同人中，似乎只有約翰布朗是不死帶有
> 生命者。現在，我再也不聞稱布朗之名者，我再也不見勇氣與
> 熱血之士者，這兩種人，我所能連想者，只有約翰·布朗。他
> 已不朽，雖死更勝猶生，他如最亮之明燈，無處不在，照耀整
> 個大地。[16]

　　至於約翰布朗充滿血腥、恐怖的殺戮行為，梭羅是全力為他開
脫，歸諸於媒體對約翰布朗的冷血妖魔化，因為「一般大眾不會接
受一個失敗又失去生命的人為英雄的代表。所以，只能說約翰·布
朗沒有殺死更多的奴隸主人、聯邦軍隊，犧牲更多的正義之士，最
終自己還能存活下來。」（The Last Days of John Brown：149），

---

[16] Thoreau, Henry David, "The Last Days of John Brown ",The Higher Law: Thoreau on Civil Disobedience and Reform, edited Wendell Glick, N.J.: Princeton University Press, 2004.

梭羅顯已失望一再呼籲之「和平革命」已根本不能鼓動風潮，蔚為形勢，梭羅決心以「全面暴力」的猛藥取代：

> 「約翰布朗認為只要是為了解救黑奴，任何人就得有絕對的權力以暴力相待奴隸主人。我完全同意這一點。對那些持續驚訝於奴隸還存在的人，他們現在應該去驚訝奴隸主人的暴力死亡。（A Plea for Captain John Brown：133）

梭羅更赤裸的暴力告白：

> 我不希望殺人與被殺，但我可以預料未來這兩種情勢，已無法避免。我們每天所謂的「和平」日子，根本是委曲求全下，以微不足道的暴力換來的，政府的警察暴力，手銬、監獄與絞刑台隨侍在側，我知道大眾的想法是，步槍只能合法的使用在當國家抵禦外侮、射殺印第安人或追補逃奴時候。但就我而言，只要是從事正義的運動，那行使武器的決定，完全在所擁有者之手。（A Plea for Captain John Brown：132-33）

持平而論，梭羅挑選形象太過恐怖與血腥的布朗作自己政治理想的成果代言人，的確予人有「病急亂投醫」的遺憾。而這樣的選擇，除了與他自伯恩斯逃奴案至布朗受絞後，對聯邦政府一再對奴制的妥協退讓的失望與受挫感有關外，梭羅毫不遲疑地迎取暴力路綫，除個人良知與道德的使命堅持，也出自梭羅本人對「超越論」驗證的焦慮，日益虛弱的身體，自亦加深梭羅期待受

自然啟示而勇敢採取行動的「約翰法爾瑪（John Farmer）」虛構式個人出現壓力有關，這般期待，一八五四年梭羅在《在麻州的奴隸》表現無遺，他以〈季節〉期盼政治氣候的轉變，而有賴代表純潔與希望的象徵——〈水蓮花〉的綻放到來，一舉改變人心（Slavery in Massachusetts：1953），這也解釋當極端的約翰布朗出現，適時也滿足了梭羅等待果陀已久的渴望，不想再與這違反人民意志的政府周旋與妥協了！

在身體日益惡化，來日無多的情況下，這種等待焦慮，也絕對與當時人物都把他看作一個怪物或愛默生的二流弟子極盡嘲諷——如文人 James R. Lowell 與 Robert L. Stevenson 譏評梭羅不但「高度的自欺」（high conceit of himself）且具「病態的自覺」[17]（morbid self-conscious-ness），而益加急切。

梭羅採取全面暴力的路線之時，也意謂他不再寄希望政府之改善，因此，梭羅慣例在文末，如《公民不服從論》、《麻州的奴隸》，對未來理想政府作一甜蜜想像的模式，我們在《為約翰布朗請願》，已不再見梭羅對烏托邦的盼望文字：

> 我所預見之未來，至少有如現今之奴隸形式將不復在。我們到時可以自由的為約翰布朗泫然涕泣，至時，應不需屆時，我們可以展開我們的復仇。（A Plea for Captain John Brown：138）

---

[17] James R. Lowell, "Thoreau", in Walden and Civil Disobedience: Authoritative Texts Background Reviews and Essays in Criticism, Edited by Owen Thomas, p.286, 288.

　　約翰布朗的行動加上梭羅的打開天窗說亮話，南北長期累積的地域、經濟、政治與族群的對立，終於到了攤牌時刻，梭羅在一八六一年春，致友人函中，表達了他期待內戰的殷切：

> 南方各州愈快離開合眾國愈好，如果為讓北方人明白一個自由與奴隸主並存的合眾國是無法存在，我認為付諸革命換取此一進步，代價是低廉的。[18]

　　一八六一年，因反奴成立的共和黨獲得大選勝利，南方蓄奴州紛紛宣佈獨立，林肯總統以「一個國家不可能是一半自由，一半奴隸」，南北終需一戰，勢所難免。

　　內戰爆發後，梭羅最後對政治態度的見解與思考，可見他一八六二年，身體極差的狀態下，所發表之《沒有原則的生活》，文中我們可以體會梭羅已感受到美國終將達成政治解奴的自由，未來奮鬥者仍將回到「人心精神之自由」：

> 美國人民雖已解脫政治的暴君，但未來仍將淪為經濟與道德暴君的奴隸……就真正文化與人格言，我們之所以偏狹（provincial），因為我們不追尋真理，只追求工、商、農業的名利中，手段與目的還是混淆不分。

---

[18] Thoreau, Ed. Joel Myerson (Cambridge: Cambridge University Press, 1995), p.210.

美國是一政客的國家，政客所關心者是表面的自由，而非內心真正的自由，我們仍有不正義的徵稅，還是有部分的人沒有代表，這就是沒有代表的稅。」

梭羅最後提出之政治理想就是美國應從共和國（Republic）進展至所謂之「個人國（Reprivate）」。

「既然在共和（republic）──res-publica 問題已告解決，現在是追求『個人國（private state）』res-privata 的時後了，一如羅馬元老院下令官員：個人國是不得損害的。」（Life Without Principle：1987）

梭羅儘管批評政治是「膚淺與非人性」，至此，卻也更接受現實政治運作的事實，因為：「政治已成了最引人民關心注意的日常事務了」，梭羅認為理想之政治運作「應該是像人體消化器官，讓人無知覺的運作。」梭羅進步比喻政治則是社會之『真胃』，兩大政黨有如其中『胃石』，傾軋磨擦。不只是個人或國家都會有此消化不良。」（Life Without Principle 1989）

一八六二年三月，梭羅已感大限將至，在寫給班頓（M. B. Benton）信上：

> 我猜我沒幾個月可活了，我要補充的是我很享受在世的一切，無所遺憾。（Thoreau's Last Letter to M. B. Benton, March 21, 1862）

一八六二年，五月六日，梭羅終因肺結核，在其母親屋中，回歸自然，人間留下四十四年生命，蒞年，林肯終於宣佈了「解

奴宣言」，雖然他不及親眼看到他一生爭取人身與人心最自由心願終底完成的勝利。

■ ■ ▨
由疏離到關懷——梭羅的文學與政治

第八章　結論

一、永恆與永續

　　梭羅簡約生活思想中反文明的論調或以個人良知、道德為治的理想國，雖然充滿著愛唱反調與前衛性格，但所謂名滿天下，謗亦隨之，對他不食人間煙火或愛唱高調的譏諷，亦從不間斷；加以梭羅的言論也充滿著牴觸，海曼就以「癡癲的改革者」（nut reformer）形容梭羅思緒因為不斷的適應他所遇見的社會的而善變。[1]梭羅所受各家批評，可分成性格上者，有些是出於朋友之忠告，亦不乏成見批判，視梭羅的人生實驗是務虛、狹隘、偽善、自私，這般的看法，迄今仍不乏多見，即與梭羅最親近如師如友之愛默生也以為梭羅是為反對而反對，竟以世俗的社交與禮儀，衡量看待他的精神事業：

　　　　對梭羅言，說「不」比說「是」，相較是既輕鬆又沒有損失
　　　　的事，他似乎聽到任何提議的第一個直覺就是爭論。當然這

---

[1] Stanley E. Hyman, "Henry Thoreau in Our Time", in *Walden and Civil Disobedience: Authoritative Texts Background Reviews and Essays in Criticism*, Edited by Owen Thomas, p.315.

個習性有點不合社交上善意好感的建立;雖然他的同伴最後
諒解他並無惡意或不實而釋懷,這的確阻礙了溝通。就像一
個朋友所說:我愛亨利,但我無法喜歡他。(The Atlantic
Monthly, August 1862)

艾格(William R. Alger)則暗指梭羅是「自我」到有「自戀」
的發展:

梭羅的生活就是極盡自我內在的誇大藝術。此一技巧主要有
三大招數,第一,藉著無止縱容自我意識,直接作自我的提
升;第二,以貶抑他人,間接作自我的提升;第三,將微不
足道的細瑣,幻想誇大到自我的牽連。他不斷以他自誇的禁
慾主義,感覺自己,反射自己,愛撫自己,讚美自己,就是
無法逃避與忘記自己。(Solitude of Nature and Man:1866)

亨利傑姆士(Henry James)則以梭羅過度以康考特為中心,
批評在地域與心理上的限制性。

我相信,梭羅應沒有天分,也許有才華的問題。他的不完美、
有始無終、非藝術,他比地域偏狹還糟,他是心態的完全狹
隘。(Hawthrone:1879)

一向批評梭羅不遺餘力之羅伯史帝文生(Robert Louis
Stevenson),完全否定梭羅不過是逃避現實,孤芳自賞;徒然浪費
人生:

一言蔽之，梭羅是一膽小自私的逃避者（skulker），他沒有
期望美德要釋放於他同伴的念頭。不過就是避居一角，私藏
於己而已。

我們實在沒有必要為一個矯情的訓練表示尊敬。真正的健全
可以不需如此，一樣達到。一個人必須孤離其鄰居而求取快
樂，這與吸鴉片獲得滿足沒有兩樣。（Cornhill Magazine, June
1880）

　　布洛斯（John Burroughs）　則以梭羅之理論不切實際與高調，
以神話視之。

梭羅將湖濱的日子拋上了天空，他拍打雙翼，記下清楚、多
彩、歡喜與勝利的記載，目的只是要喚醒鄰居。這本書當然
是文學中，最自誇甜美的一頁。光荳田這章，簡直是天堂的
農事。（The Century, July 1882）

　　對這些梭羅生前死後十餘年間的當時「典型」批評，我們如
放大人類歷史格局的檢視標準，通常發現大部騷人墨客之暴起不
過是「一時之選」，其保值僅在個人時代之前、後五十年，而偉大
的作家卻是能像梭羅一般，時代愈往前走，愈叫人懷念、反省，
並具無限啟發的增值，梭羅代言之真理，不過提醒：生活的文明
進步不是趨向複雜而是簡單，人的偉大也不是以征服自然為的，
而是適應自然，永恆與永續的觀念，簡單易懂，卻是梭羅常互為
說理者。

二、梭羅的時代意義

　　二十一世紀，人類在「不願面對的真相」警醒中，終於承認資本文明的過度消耗地球，才有大自然的旱澇反撲；人與自然的和諧，已是人類能否維持到下世紀存在的關鍵。二○○七年，麻州一群生態學家，即根據梭羅當（一八五四）年書中對 Walden 湖畔周遭生態，巨細描述的環境，進行比照重建，凸顯今非昔比差異，從中看出全球暖化對 Concord 動、植物群原生態的衝激程度。二○○九年十二月七日，聯合國在哥本哈根召開之「全球氣候邊遷會議」，等於宣佈百餘年來這建立在「排碳」之上資本文明之失敗；人類總算開始學習尋找一個未來的替代生活方式。梭羅全心投入自然，提出在快速變遷社會中，確定什麼是在發達的物質文明中生活中，真正必不可少的，以最簡單、最單純的方式，經營一種原始的隨心所欲生活，梭羅的素食、他凡事以自己動手做，胼手胝足的 DIY 的生活態度、保育及他「最小政府」，也勢成人類未來自然、簡單、健康、快樂之「低碳生活」的思考主流，即以現代最夯之「慢樂活」生活主流與「非暴力」的公民反抗運動，其創意與前衛都來自梭羅兩百六十年前的觀念。

　　梭羅畢生以人本浪漫為信仰，及早指出資本文明是人類最大威脅，因為它是以犧牲自然與腐蝕人心為價，換取生活的華麗外表。他自內建「疏離文明」——努力想像與實驗一個完全以個人為中心的生活所在，這是為何梭羅不斷以自然森林為現場，只有在完全無人為的環境，個人才能遠離資本生活與民主政府，體會既「野性又

自由（wild and free）」的生命；再至外求之「社會關懷」——希望
政治是可「不被介入、不受其擁抱」，人民與政府關係當如鄰里，
得保最大自由。

　　嚴格說，梭羅並非是一個專業的政治工作者，初起，他追求
政治的具體目標者，也只有廢除奴隸，這亦是得自超越文學中與
自然共生互動的經驗啟發，為此，梭羅決定結束湖濱獨居的生活，
重新踏入人群；政治上，梭羅以文人單純眼光——每個人都可成
天使的概念看待政治，只要出於個人良知，自能產出隨心所欲的
清醒智慧，人類的最高法源來自個人的尊重，即使多數民意製造
下的法律，也必須甘居其下，提供了最洶湧的活水給日後民主的
理想思潮。而他「惡法不守，和平革命」的非暴力方式，更給日
後民主的抵抗策略提供了最具創意及效率的手段，印度甘地深受
梭羅的影響，以集體入獄「不抵抗」方式，結束英國殖民統治。
二十世紀，馬丁·路德·金恩也獲得啟發，採取非暴力「靜坐」
抗爭，全面癱瘓了南方白人的隔離政策，美國民權運動的思想得
到了新生。六〇年代末期，美國青年拒絕徵召入伍的遊行示威、
佔據校園的「反戰」運動，統統變成理直氣壯的公民社會運動。

　　愛默生對梭羅一生由文學的出世思想到社會的入世行動，由個
人的孤立到社會的集體參與，從一個孤鳥般的詩人到激烈的政治鬥
士，有非常精闢的論定：「梭羅在人世中扮演的正是說出事實的人，
他是一位為每日而活的人，今天他給你一個新的意見，明天可能給
你的是革命性的思想。」（Thoreau：1207）。

　　究其實，梭羅終身以一「孤鳥」姿態，不過是在人類文明發展
的道路上，時時提醒我們維持一件很簡單，卻很容意忽略遺忘的事
情，就是永遠要保有赤子之心的理想，而這理想就是個人的良知、

良能的追求。愛默生以「長生樹」（其樹生於懸壁，善攀登者往往
不顧危險，採摘該樹而死。）為喻，形容梭羅一生就在追求這一可
望而不及之永恆的純潔，他短暫的一生，窮盡了人世的內容，梭羅
的靈魂是為這一高尚純真的社會而生；一切知識、美德與美好之
處，就是他畢生探索之歸宿。梭羅的思想其實是外表激進，內容卻
是復古與務實，如果說潘朵拉意外為人類留下的是希望，梭羅刻意
者則是個人理想，一股止於「至善」的理想吧！

參考書目

英文書目

1. Brinkley, Alan, American History, Boston: McGraw-Hill, 1999. Thomad A. Bailey and David M. Kennedy, The American Pageant，Vol.1 Lexington, Massachusetts: D.C. Heath Company, 1983.

2. Babbitt, Irving, Rousseau and Romanticism, Boston and New York, 1919.

3. Canby, Henry Seidel, Thoreau, Boston: Houghton Mifflin, 1939.

4. E. Hyman, Stanley, "Henry Thoreau in Our Time", in Walden and Civil Disobedience: Authoritative Texts Background Reviews and Essays in Criticism, Edited by Owen Thomas, W.W. Norton & Company: New York.

5. Emerson, Ralph Waldo, "Thoreau", American Literature, 5th edition, Vol. I, Ed. Nina Bayum, New York: W.W. Norton & Company, 1995.

6. Emerson, Ralph Waldo, "Self-Reliance", American Literature, 5th edition, Vol. I, Ed. Nina Bayum, New York: W.W. Norton & Company, 1995.

7. Emerson, Ralph Waldo, "Nature", American Literature, 5th edition, Vol. I, Ed. Nina Bayum, New York: W.W. Norton & Company, 1995.

8. Glick, Wendell, The Writings of Henry D. Thoreau-The Higher Law, N. J.: Princeton University Press, 1998.

9. Harding, Walter Roy. The New Thoreau Handbook. New York: New York University Press, 1980. Rpt. of A Thoreau Handbook. 1959.

10. Harding, Walter, The Days of Thoreau: A Biography, New York: AlfreA. Knopf, 1965.

11. Harmon, Smith, My friend, my friend : the story of Thoreau relationship with Emerson, Amherst: University of Massachusetts Press, 1999 .

12. Jones, Samuel Arthur, ed. Thoreau Amongst Friends and Philistines, and Other Thoreauviana. Ohio: Ohio University Press, 1982.

13. Knott, John Ray. Imagining Wild America. Ann Arbor: University of Michigan, 2002.

14. Krutch, Joseph Wood. Henry David Thoreau. New York: Sloane, 1974.

15. Metlzer, Milton, Thoreau: People, Principles, and Politics, New York: Hill and Wang, 1963.

16. Metzger, Charles R. Thoreau and Whitman: A Study of Their Esthetics. Seattle: University of Washington Press, 1961

17. Myerson, Joel. Emerson and Thoreau: The Contemporary Reviews. New York: Cambridge University Press, 1992.

18. Myerson, Joel. Transcendentalism: A Reader. New York: Oxford University Press, 2000.

19. Stanley E. Hyman, "Henry Thoreau in Our Time" in Walden and Civil Disobedience: Authoritative Texts Background Reviews and Essays in Criticism, Edited by Owen Thomas, W.W. Norton & Company: New York.

20. Sattelmeyer, Robert, "Thoreau and Emerson", Henry David Thoreau, Joel Myerson, (Cambridge: Cambridge University Press, 1995.)

21. Schneider, Richard J., "Walden" ,in Henry David Thoreau, edited Joel Myerson, UK: Cambridge University Press,1999.

22. Schneider, Richard J. Approaches to Teaching Thoreau's Walden and Other Works. New York: The Modern Language Association of America, 1996.

23. Tauber, Alfred I. Henry David Thoreau and The Moral Agency of Knowing. Berkeley: University of California Press, 2001.

24. Thoreau, Henry David, Journal, Ed. Robert Sattellmeyer, Elizabeth Hall Witherell et al. 7 vols. To date. Princeton: Princeton University Press, 1981.

25. Thoreau, Henry David, "Walden", American Literature, 5th edition, Vol. I, Ed. Nina Bayum, New York: W.W. Norton & Company, 1995.

26. Thoreau, Henry David, "Slavery in Massachusetts", American Literature, 5th edition, Vol. I, Ed. Nina Bayum, New York: W.W. Norton & Company, 1995.

27. Thoreau, Henry David, "Walking", American Literature, 5th edition, Vol. I, Ed. Nina Bayum, New York: W.W. Norton & Company, 1995.

28. Thoreau, Henry David, "Civil Disobedience", American Literature, 5th edition, Vol. I, Ed. Nina Bayum, New York: W.W. Norton & Company, 1995.

29. Thoreau, Henry David, "A Plea for John Brown ",The Higher Law: Thoreau on Civil Disobedience and Reform, edited Wendell Glick, N.J.:Princeton University Press, 2004.

30. Thoreau, Henry David, "The Last Days of John Brown", The Higher Law:Thoreau on Civil Disobedience and Reform, edited Wendell Glick, N.J.:Princeton University Press, 2004.

31. Thoreau, Henry David, Faith in a Seed: " The Dispersion of Seeds" and Other Late Natural History Writngs. Ed. Bradely P. Dean, Washington, D.C.: Island Press, 1993.

32. Thoreau, Henry David, Wild Fruits: Thoreau's Rediscovery Last Manuscript. Ed. Bradely P. Dean, New York: W.W. Norton, 2000.

33. Thoreau, Henry David, The Maine Woods. Ed. Joseph J. Moldenhauer, Princeton: Princeton University Press, 1972.

34. Thoreau, Henry David, The Maine Woods. Ed. Joseph J. Moldenhauer, Princeton: Princeton University Press, 1972.

35. Thomas, M., Alpheus, In Quest of Freedom: American Political Thought and Practice, Englewood Cliffs, N.J.: Prentice Hall, 1973.

中文書目

1. Jacques，鄭明萱譯。從黎明到衰頹——五百年來的西方文化生活。台北：貓頭鷹出版社，2007。

2. 朱立民。《美國文學一六〇七～一八六〇》。臺北：書林，2000。

3. 呂健忠，李奭學，近代西洋文學～新古典主義迄現代，台北：書林，民九十五。

4. 周伯乃，近代西洋文藝新潮。台北：文開，民七十一年。

5. 袁行霈主編，歷代名篇鑒賞（上）：莊子，逍遙遊。台北：五南，民八十四年。

6. 謝冰瑩編，新譯四書讀本。台北：三民，民六十二年。

7. Kuehn，Manfred 原著。康德：一個哲學家的傳記。台北：商周出版，2005。

期刊雜誌

1. August 28,1857, in Joseph J. Moldenhauer, "Thoreau to Blake: Four Letters Re-Edited," Texas Studies in Literature and Language, 1996.

2. T. Edward Nickens, "Walden Warning", National Wildlife, October/November, 2007, pp.35-41. 。

網路資料

1. Thoreau, Henry David, "The Service", 原文見於：
   http://sniggle.net/Experiment/index.php?entry= the service

2. Thoreau, Henry David, "Paradise To BE Regained", 原文見於：
   http://sniggle.net/Experiment/index.php?entry=paradise

3. Thoreau, Henry David, "Reform and The Reformers", 原文見於：
   http://sniggle.net/Experiment/index.php?entry=reformers

梭羅的 100 句精選智慧語錄

1. If I am not I, who will be?

   Journal, August 9, 1841

   如果我不是我，我又是誰？

2. I was not born to be forced. I will breathe after my fashion.

   Civil Disobedience

   我非生來受迫，我按我的方式而活。

3. Slavery and servility have produced no sweet-scented flower, for they have no real life: they are merely a decaying and a death.

   Slavery in Massachusetts

   人類之奴性與奴隸制度，不生甜美之花，因為它們都沒有真實的生命，分別意謂著枯萎與死亡。

4. All changes is a miracle to contemplate; but it is a miracle which is taking place every instant.

   Walden

   所有的改變都預期著一個奇蹟，這奇蹟是可在每一刻發生的。

5. Public opinion is a weak tyrant compared with our own private opinion.

Walden

與個人的意見較，人言有如懦弱的暴君。

6. One generation abandons the enterprise of another like stranded vessels.

Walden

一代拋棄前代之事業，當如拋棄擱淺的船隻一般。

7. Every generation laughs at the old fashions, but follows religiously the new.

Walden

每一代都要會嘲笑老舊時尚，但隨即信仰追隨新的風尚。

8. Not until we are lost do we begin to understand ourselves.

Walden

不到失去，我們不會開始去了解自己。

9. What is the use of a house if you haven't got a tolerable planet to put it on?

Walden

即使你有一間房子，卻沒有一個包容得下它的星球，又有何用？

10. To affect the quality of the day, that is the highest of arts.

Walden

影響每天的品質，這是最高的藝術。

11. I have a room all to myself; it is nature.

Journal, September 1, 1853

我有一個完全專屬自己的空間——就是自然。

12. I have a real genius for staying at home.

Letter to Daniel Ricketson, April 7,1841

我有待在家中的天賦。

13. There is one let better than any help...and that is - Let alone.

Journal, Feb. 16, 1851

有一件「放任」是勝過任何幫助者，就是——讓我單獨。

14. I thrive best on solitude.

Journal, Feb. 16, 1851

我茁壯於孤獨之中。

15. Solitude is not measured by the miles of space that intervene between a man and his fellows.

Walden

單獨——非以人與人之間的距離衡量。

16. My greatest skill has been to want but little.

Journal, July 19, 1851

我最偉大的專長就是要的不多。

17. In short, all good things are wild and free.

Walking

總之，所有好的東西一定是野性與自由的。

18. Life consists with wildness. The most alive is wildest.

Walking

生命來自野性，越原始越具活力。

19. It is not necessary that a man should earn his living by the sweat of his brow, unless he sweats easier than I do.

Walden

一個人不必從眉毛滴下汗水贏取衣食，除非他比我還容易流汗。

20. For more than five years I maintained myself thus solely by the labour of my hands, and I found, that by working about six weeks in a year, I could meet all the expenses of living.

Walden

五年來，我一直保持任何事都以雙手的勞力，親力而為；我發現一年工作六週，就足以應付生活所有開支。

21. The world is a place of business. It is nothing but work, work, work.

Life Without Principle

現在世界就是一個作生意的地方了，除了工作還是工作、工作。

22. Distrust any enterprise that requires new clothes.

Walden

不要信任任何需要新衣的行業。

23. It is not enough to be busy. So are the ants. The question is: What are we busy about?

Walden

忙碌是永遠不夠的，有如螞蟻一般。但問題是：我們為何而忙？

24. If the laborer gets no more than the wages which his employer pays him, he is cheated, he cheats himself.

Life Without Principle

勞力光只是換取薪水，是被欺亦自欺。

25. I learned this, at least, by my experiment: that if one advances confidently in the direction of his dreams, and endeavors to live the life which he had imagined, he will meet with a success unexpected in common hours.

Walden

至少，就我經驗所知：如果一個人自信地按照他夢想的方向前進，且努力活在他想像的生活，他將在平常的意外時刻，遇見成功。

26. Many go fishing all their lives without knowing that it is not fish they are after.

Walden

多數人終其一生捕魚，卻不知魚非其所應追逐者。

27. Success usually comes to those who are too busy to look for it.

Walden

成功通常走向忙得不想追求它的人。

28. Things do not change; we change.

Journal

萬物不變；改變的是我們。

29. We are more anxious to speak than hear.

Walden

我們急於訴說，超過傾聽。

30. A man is rich in proportion to the number of things he can afford to let alone.

Walden

一個人之富有是依據他能放下多少事物的比例。

31. It is never too late to give up your prejudices.

Walden

放棄個人的成見是永遠不嫌遲的事。

32. Any fool can make a rule, and any fool will mind it.
傻瓜才會設立規範，也只有傻瓜才會遵守規範。

33. Nothing remarkable was ever accomplished in a prosaic mood.

Cape Cod

在消極心態下，是不可能有傑出的作為。

34. You must get living by loving. Life Without Principle
生活必須擇其所愛。

35. Actually the laboring man has not leisure for a true integrity day by day. He has no time to be anything but a machine.

Walden

事實上，勞力者是沒有閒暇追求真實的品格，他所有時間只能消磨在把自己變成機器。

36. Haste makes waste, no less in life than in housekeeping.

Journal, December 28, 1852

欲速則不達，不只是在家事上，也發生在生活上。

37. I entered a swamp as a sacred place. There is the strength and marrow of Nature.

Walking

我入沼澤地如入聖地。那裡有自然的力量與精髓。

38. A man may use as simple a diet as animals, and yet retain health and strength.

Walden

人可以像野獸一樣以簡單的食用，維持健康與體力。

39. I believed that water is the only drink for a wise man.

Walden

我相信水是智者惟一的飲料。

40. The practical objection to animal food in my case was its uncleanness.

Walden

我對動物肉的不食，是因為其不潔。

41. When will the world learn that a million men are of no importance compared with one man?

> Letter to R. Emerson form New York, June 8, 1843

何時世上才學會——百萬人不代表比一個人重要。

42. Men talk of freedom! How many are free to think?

> Journal, February 16, 1851

人愛討論自由，但又有多少人能自由的思考？

43. Manners are conscious; character is unconscious.

> Journal, Feb. 16, 1851

禮貌是意識的，個性則是自發的。

44. The Life is not for complaint, but for satisfaction.

> Letter to Daniel Ricketson, November 4,1860

生命不是用來抱怨而是滿足的。

45. The evil is not merely a stagnation of blood, but a stagnation of spirit. A Plea for Captain John Brown

人心之惡魔不只是熱血的沉悶，也是精神的停滯。

46. I would not do again what I have done once.

> Thoreau

我不重複我已經做過的事。

47. To be awake is to be alive. I have never yet met a man who was quite awake.

> Walden

清醒才有生命。我至今未見有人是完全清醒的。

48. A lawyer's truth is not Truth, but consistency or a consistent expediency.

Civil Disobedience

一個律師的事實不是真實，不過具備一致或一個一致性的權宜。

49. Let us not underrate the value of a fact; it will one day flower in a truth.

Nature History of Massachusetts

千萬不要低估一件事實的價值，某天他將成為真理。

50. You do not get a man's most effective criticism until you provoke him. Severe truth is expressed with some bitterness.

Journal, March 15, 1854

除非你以激怒方式，否則人不會給你最有效的批評。嚴厲真相的表達有時是帶一些苦痛的。

51. He who lives according to the highest law - is in one sense lawless.

Journal, February 27, 1852

根據最高法則的人是在「無法」的意識下生活。

52. How can one be a wiseman, if he does not know any better how to live than other men?

Life Without Principle

一個不比別人更了解生活的人，怎稱得上是智慧之人？

53. The ringing of the church is a much more melodious sound than any that is heard within the church.

Journal, January 31, 1853

教堂美妙的鐘聲更勝教堂內的話語。

54. There is never an instant's truce between virtue and vice.

Walden

美德與邪惡無一刻之休戰。

55. Goodness is the only investment that never fails.

Walden

善良是惟一永不失敗的投資。

56. Go toward the sun and your shadow will fall behind you.

Journal, February 8, 1841

走向太陽,則陰影在我們背後。

57. Cultivate the habit of early rising. It is unwise to keep the head long on a level with the feet.

Journal, June 8, 1850

培養早起的習慣。讓頭與腳保持水平實屬不智。

58. Morning is when I am awake and there is a dawn in me.

Walden

早晨是我清醒的時候,我內心有一黎明。

59. Unless our philosophy hears the cock crow in every barn yard within our horizon, it is belated.

Walking

如果沒聽到穀倉院子的雞啼報曉，表示你已遲到今天的生活。

60. My friend is one who takes me for what I am. Suspicion creates the stranger and substitutes him for the friend.

Journal, December 23, 1852

朋友是能以真我看待自己，疑心將使朋友變成陌生人。

61. You may buy a servant or slave, but you cannot buy a friend.

Journal, November 28, 1860

你可以買到僕人奴隸，但買不到朋友。

62. It often happens that a man is more humanely related to a cat or dog than to any human being.

Journal, November 28, 1860

常常一個人與貓狗的關係，相較與人類，更具人性。

63. All news is a gossip, and they who edit and read it are old women over their tea.

Walden

所有的新聞都是老太太下午茶的八卦。

64. The newspapers are the ruling power.

Life Without Principle

媒體才是執政的力量。

65. It is too much to read one newspaper a week.

Life Without Principle

一週看一次報都嫌太多。

66. It is folly to attempt to educate children within a city; the first step must be to remove them out of it.

Journal, December 25, 1853

在城市中教育兒童是愚蠢的,第一步應該是帶他們遠離城市。

67. The reform should be a private and individual enterprise, perchance the evil may be private.

Reform and the Reformers

改革應是個人私下的事業;邪惡也許來自本身。

68. The Reformers must rely solely on logic and argument, or eloquence and oratory for his success, bet see that he represents one pretty perfect institution in himself.

Reform and the Reformers

改革者不能光靠邏輯與辯論或雄辯與口若懸河取得成功,必須瞭解他本身代表的是一個絕對完美的制度。

69. The true reformer does not need time, nor money, nor cooperation, nor advice.

Paradise To Be Regained

真正的改革者是不問時間、金錢、合作與意見的。

70. In all sounds the soul recognizes its own rhythm, and seek to express its sympathy by a correspondent movement of the limbs.

The Service

靈魂會在所有的聲音中，認定她自己的旋律，再表現以肢體的律動共鳴。

71. Government is at best but an expedient. When government is most expedient, the governed are most let alone by it.

Civil Disobedience

政府只是一臨時的設施，政府最權宜時，被治者也就最不受政府所侵擾。

72. That government is best which governs not at all.

Civil Disobedience

最好的政府是什麼都不管的政府。

73. Unlike those who called themselves no-government Men, I ask for, not at once no government, but once a better government.

Civil Disobedience

我非無政府主義者，我所要求者不是一個立即的無府，而是一個立即且比現在更好的政府。

74. I cannot for an instant recognize that political organization as my government which is the slave's government also.

Civil Disobedience

我一刻都不願承認這個支持奴隸的政府是我的政府。

75. I quietly declare war with the State.

Civil Disobedience

我沉默的向麻州政府宣戰。

76. When a sixth of the population of a nation which are slaves, it is not too soon for honest men to rebel and revolutionize.

Civil Disobedience

當一國六分之一人口是奴隸，一國正直之士起義反叛，當不嫌快。

77. When the subject has refused allegiance, and the officer has resigned his office. This is, in fact, the definition of peaceable revolution.

Civil Disobedience

當人民拒絕效忠；官員辭職。事實上，這就是和平革命。

78. I had never respected the Government near to which I had lived, but I had foolishly thought that I might manage to live here, minding my private affairs, and forget it.

Slavery in Massachusetts

儘管我從不尊重與我近在咫尺的政府，我愚蠢的相信只要關心自己的事情，無視於政府的存在，我可以設法的在這裏生活下來。

79. When a government takes the life of a man without the consent of his conscience, it is an audacious government, and is taking a step towards its own dissolution.

A Plea for Captain John Brown

當一個政府不經個人良知的同意，而剝奪其生命；這是一個大膽厚顏政府，他在走向瓦解。

80. Show me a free state, and a court truly of justice, and I will fight for them.

Slavery In Massachusetts

給我一自由國度與真實正義的司法，我願為此奮鬥。

81. Unjust laws exist：shall we be content to obey them? I say, break the law.

Civil Disobedience

我們要心甘情願遵守不公不義之法的存在嗎？我說：違背它。

82. Under a government which imprisons any unjustly, the true place for a just man is also in prison.

Civil Disobedience

當一個奴隸的政府專拘正直之士時，監獄是正義之人的惟一所在。

83. We may study the laws of matter at and for our convenience, but a successful life knows no law.

Walking

我們是以自身之便利而研擬事務之法律，但一個成功的生活是超越法律的。

84. The law will never make men free; it is the men who have got to make the law free.

Slavery in Massachusetts

法律永遠不會讓人自由，人的工作是必須去解放法律。

85. It is not desirable to cultivate a respect for the law, so much as for the right.

Civil Disobedience

與其養成尊重法律的習慣，不如養成尊重權利的習慣。

86. I did not send to you for advice, but to announce that I am to speak.

Thoreau

我有話要說，但我將不徵求你的同意！

87. My thoughts are murder to the State, and involuntarily go plotting against her.

Slavery in Massachusetts

我所有的思考就是謀殺這個州與不得不顛覆她。

88. All voting is a sort of game. A wise man will not leave the right to the mercy of chance nor wish it to prevail through the power of majority.

Civil Disobedience

投票不過一種遊戲。有智慧之人是不會讓正義公平依賴在機會的施捨及希望多數意志的優越。

89. A majority are permitted to rule, is not because they are most likely to be in the right, nor because this seems fairest to the minority, but because they are physically the strongest.

Civil Disobedience

多數被允許統制，非因他們最可能是對的，亦非對少數似最公平的，而是因他們是最有力量的。

90. The fate of the country does not depend on how your vote at the polls- the worst man is as strong as the best man.

Slavery in Massachusetts

國家的命運不取決於你我的如何投票；因為最壞與最好的，一樣會當選。

91. I do not wish to kill nor to be killed, but I can foresee circumstances in which both these things would be by me unavoidable.

A Plea for Captain John Brown

我不希望殺人與被殺，但我可以預料未來這兩種情勢，已無法避免。

92. I think that for once the Sharps rifles and the revolvers were employed in a righteous cause. The tools were in he hands of one who could use them.

A Plea for Captain John Brown

就我而言，只要是從事正義的運動，那行使武器的決定，完全在所擁有者之手。

93. They who are continually shocked by slavery have some right to be shocked by the violent death of the slave- holder.

A Plea for Captain John Brown

對那些持續驚訝於奴隸還存在的人，他們現在應該去驚訝奴隸主的暴力死亡。

94. I prefer the philanthropy of Captain Brown to that philanthropy which neither shoots me nor liberates me.

A Plea for Captain John Brown

與其既不開槍又不採行動解放奴隸的慈善相比，我寧可選擇約翰·布朗式的慈善方式。

95. Even if we grant that the American has freed himself from a political tyrant, he is still the slave of an economical and moral tyrant.

Life Without Principle

即使我們認定美國已解脫政治的暴君，美國仍是經濟與道德之奴隸。

96. How does it become a man to behave towards the American government today? I answer, that he cannot without disgrace be associated with it.

Civil Disobedience

今天，個人要如何與美國政府相處？ 我回答：你必需恥於與它為伍。

97. If the machine of government is of such a nature that it requires you to be the agent of injustice to another, then, I say, break the law.

Civil Disobedience

如果政府機器的本質是要你作不義於他人之代理， 那我說違法吧！

98. What is called politics is something so superficial and inhuman, that I have never fairly recognized that it concerns me at all.

Life Without Principle

所謂政治是膚淺與非人性之物，我從不認同它與我有任何關連。

99. Town meeting, I think, is the true Congress, and the most respectable one that is ever assembled in the United States.

Slavery In Massachusetts

我認為鄉鎮會議是美國最受尊崇的聚會，才是真正之國會。

100. Now that the republic-res-publica has been settled, it is time to look after the res-private,-the private state,-to see.

Life Without Principle

既然共和國（時指美國終以內戰廢奴）已完成，現在是追求個人國的時候了⋯⋯

梭羅生平年表

1817：於七月十二日，在麻州康考特出生，梭羅父約翰及母辛西亞
　　　（Cynthia），四位兄姊妹中，排行第三。

1818：舉家移居附近之 Chelmsford，父開雜貨店營生，惟獲利不豐。

1821：由於生活困頓，舉家再遷往波士頓，父改執教鞭維生。

1823：梭羅全家搬回康考特，父親開設鉛筆工場。梭羅進入康考特
　　　中央小學。母親以家庭民宿，貼補家計。

1827：梭羅完成之最早作品：《四季》。

1828：梭羅與其兄約翰就讀康考特學院，學習古典、歷史、地理、
　　　自然。

1829：梭羅首度參加康考特講壇（Concord Lyceum），已能如成年
　　　人與人論談。

1833：進入哈佛大學，梭羅是家中惟一就讀大學者。該年英國通過
　　　廢奴法案禁止帝國內奴隸存在。

1835：梭羅自哈佛大學休學一學期，在麻州的 Canton 任教，宿於
　　　一神教牧師 Orestes Brownson 家中，學習德文。

1837：自哈佛大學畢業，任教康考特中央學校，因不願執行體罰政
　　　策，辭職。開始往來加入愛默生家中的超越文學聚會，接受
　　　愛默生建議，開始他的 Journal 記錄。

1838：梭羅前往緬因州爭取教職。旋即與其兄約翰在康科德開辦一
　　　所私立學校迄 1841 年。梭羅首度在康考特講壇發表演說。

1839：與其兄共遊康科德與梅里馬克河，為期兩週，梭羅稍後也為
　　　此一旅遊而記載出書。

1840：愛默生成立『日晷』雜誌，成為梭羅日後詩與散文發表之平
　　　台。梭羅於該求婚於席沃爾（Ellen Sewall）被拒，這也是
　　　梭羅與婚姻距離最接近的時候。

1841-43：投宿康科德愛默生家中，兩年中擔任園丁、雜工，廣泛
　　　　閱卷於愛默生之私人藏書室。梭羅此時就有移居燧石湖
　　　　（Flint's Pond）濱小屋的構想。

1842：其兄約翰突然死於破傷風。出版『麻塞諸賽州自然史』。

1843：移居紐約州的史坦頓島，任職愛默生子女家教。在紐約期
　　　間，梭羅開始與廢奴與改革人士多所接觸。出版《冬日的散
　　　步》。

1844：與愛德華・霍爾在康考特不慎引起森林火災。

1845：居住在華爾騰湖岸的小木屋裡，進行文學的精神生活實驗。

1846：第一次遊緬因州森林的卡塔丁山；七月，因拒絕付人頭稅，
　　　入獄一夜，乃憤而發作日後之《公民不服從論》。

1847：結束湖濱生活；在愛默生赴英講學時期，回到愛默生家。在
　　　康考特講壇，發表《我的歷史》。

1848：梭羅返回住家。首度在康考特講壇發表《個人與政府的權利
　　　與義務關係》，然不受人矚目。

1849：出版《康科德與梅里馬克河的一週》與發表《公民不服從
　　　論》；遊鱈魚角；其姊妹海倫死於結核病。

1850：遊鱈魚角與魁北克省；美國國會通過逃奴法案。

1854：經過五年，梭羅總算找到出版商，發行《湖濱散記》；發表《麻塞諸賽州的奴隸》。

1855：遊鱈魚角。

1857：結識廢奴激進份子約翰布朗，遊鱈魚角與緬因州森林。

1858：遊新罕什布爾州的白山。

1859：父約翰過世；約翰布朗在維吉尼亞哈潑渡口舉兵失敗被絞，發表「為布朗請願」。

1860：梭羅感染支氣管炎，併發肺結核，陷入重病。

1861：為復健，遊明尼蘇達州。返家後，整理早年的講稿與散文，似乎對死期已有預感。

1862：5 月 6 日逝於麻塞諸賽州康考特鎮。

語言文學類　PG0428

由疏離到關懷
——梭羅的文學與政治

作　　者 / 涂成吉
責任編輯 / 林千惠
圖文排版 / 鄭佳雯
封面設計 / 陳佩蓉

發 行 人 / 宋政坤
法律顧問 / 毛國樑　律師
印製出版 / 秀威資訊科技股份有限公司
　　　　　114 台北市內湖區瑞光路 76 巷 65 號 1 樓
　　　　　電話：+886-2-2657-9211　傳真：+886-2-2657-9106
　　　　　http://www.showwe.com.tw
劃撥帳號 / 19563868　戶名：秀威資訊科技股份有限公司
　　　　　讀者服務信箱：service@showwe.com.tw
展售門市 / 國家書店（松江門市）
　　　　　104 台北市中山區松江路 209 號 1 樓
　　　　　電話：+886-2-2518-0207　傳真：+886-2-2518-0778
網路訂購 / 秀威網路書店：http://www.bodbooks.tw
　　　　　國家網路書店：http://www.govbooks.com.tw
圖書經銷 / 紅螞蟻圖書有限公司
　　　　　114 台北市內湖區舊宗路二段 121 巷 28、32 號 4 樓
　　　　　電話：+886-2-2795-3656　傳真：+886-2-2795-4100

2010 年 09 月 BOD 一版
定價：270 元

國家圖書館出版品預行編目

由疏離到關懷：梭羅的文學與政治/涂成吉著.
-- 一版.-- 臺北市：秀威資訊科技, 2010.09
　　面 ；　公分.--(語言文學類 ; PG0428)
BOD 版
參考書目：面
ISBN 978-986-221-561-6(平裝)

1. 梭羅(Thoreau, Henry David, 1817-1682)　2.
學術思想　3. 文學　4. 政治

874.6　　　　　　　　　　　　　99015014

讀 者 回 函 卡

感謝您購買本書,為提升服務品質,請填妥以下資料,將讀者回函卡直接寄
回或傳真本公司,收到您的寶貴意見後,我們會收藏記錄及檢討,謝謝!
如您需要了解本公司最新出版書目、購書優惠或企劃活動,歡迎您上網查詢
或下載相關資料:http:// www.showwe.com.tw

您購買的書名:＿＿＿＿＿＿＿＿＿＿＿＿＿＿＿＿＿＿＿＿＿

出生日期:＿＿＿＿年＿＿＿＿月＿＿＿＿日

學歷:□高中 (含) 以下　　□大專　　□研究所 (含) 以上

職業:□製造業　□金融業　□資訊業　□軍警　□傳播業　□自由業
　　　□服務業　□公務員　□教職　　□學生　□家管　　□其它＿＿＿

購書地點:□網路書店　□實體書店　□書展　□郵購　□贈閱　□其他

您從何得知本書的消息?

　□網路書店　□實體書店　□網路搜尋　□電子報　□書訊　□雜誌

　□傳播媒體　□親友推薦　□網站推薦　□部落格　□其他＿＿＿＿＿＿

您對本書的評價:(請填代號　1.非常滿意　2.滿意　3.尚可　4.再改進)

　封面設計＿＿＿　版面編排＿＿＿　內容＿＿＿　文／譯筆＿＿＿　價格＿＿＿

讀完書後您覺得:

　□很有收穫　□有收穫　□收穫不多　□沒收穫

對我們的建議:＿＿＿＿＿＿＿＿＿＿＿＿＿＿＿＿＿＿＿＿＿

＿＿＿＿＿＿＿＿＿＿＿＿＿＿＿＿＿＿＿＿＿＿＿＿＿＿＿

＿＿＿＿＿＿＿＿＿＿＿＿＿＿＿＿＿＿＿＿＿＿＿＿＿＿＿

＿＿＿＿＿＿＿＿＿＿＿＿＿＿＿＿＿＿＿＿＿＿＿＿＿＿＿

11466
台北市內湖區瑞光路 76 巷 65 號 1 樓
秀威資訊科技股份有限公司　　　收
BOD 數位出版事業部

....

（請沿線對折寄回，謝謝！）

姓　　名：_____　年齡：_____　性別：□女　□男

郵遞區號：□□□□□

地　　址：_____

聯絡電話：(日) _____　(夜) _____

E-mail：_____